ハヤカワ文庫JA

〈JA1445〉

憎悪人間は怒らない

上遠野浩平

早川書房

8553

目　次

本文イラスト／サマミヤアカザ

憎悪人間は怒らない

The Silent Hatemonger

『人はもちろん憎悪を必要とする。正義の欠落した人間が生きるのに困ることはないが、憎悪なくして人は思考することも成長することもできない』

――霧間誠一〈根本的な問題〉

憎悪人間は肯定しない
No-Man Like Yes-Man act 1.

「君は何を憎んでいるんだ、カーボン」

「唐突ですね、カレイドスコープ――何を仰りたいのですか？」

「君は、人々から憎悪を引き出すという特殊な能力を持っている……その君自身は、何かを憎むということがあるのか。そう……たとえば、君にひどい仕事を押しつけている統和機構に対しての憎しみはないのか？」

「どうでしょうか――過酷な使命を負わされているという点では、あなたの方がもっと苛烈な立場だと思いますが。常に世界中の敵意からオキシジェンを守っているのですから」

「私が、あのお方を憎んでも無理はない、というのか？」

「いいえ、ただあなたの話を発展させると、そういうことになるのかな、というだけのことです」

「いや——君に回りくどい言い方は無駄だったな。何を言っても、決してそのまま受け取ってはもらえず、必ずはぐらかされるのだからな。しかし、それが不快ではない。むしろ自分のことを深く受け入れてもらえるような気がする。不思議な才能だよ。能力などよりも、その人格の方がもっと貴重なのかも知れないな」

「私は、あなたのことは好感を持っていますよ、カレイドスコープ。とても誠実なお方だと思っています」

「さて、それが褒め言葉なのかどうか——しかしカーボン、そう言ってもらってなんだが、私は君に、とても不誠実なことを言わなければならないんだ」

「なんですか？」

「私は君を守らない。そしてまもなく、君は殺されることになる」

「…………」

「つまり、いずれ統和機構が君を危険な存在と見なすことになるだろう。その流れを止めることはできそうもない」

「……驚きましたね」

「その発言は、君自身にも、君に向けられた憎悪を感じ取れなかった、ということか？」

「それもありますが——どうしてあなたがそれを教えてくれるのか、ということに驚いたのです。いつだって組織に絶対忠実なあなたらしくもない――」

「そうだな……我ながら不思議だ。そして、この流れを放置しているオキシジェンにも、やや理不尽さを感じている」

「…………」

「だが私は、あくまでもあのお方についていくだけだ。だから――この自分の中の矛盾を整理することにした。君への処分はまだ下っていない。だから今、私がこうして君に話していることは、命令違反でもなければ統和機構を害する行為でもない――」

「なるほど――やはり誠実な態度ですね。あなたがどうお感じになろうと、あなたのそういうところこそ、オキシジェンが誰よりもあなたを頼りにする理由なのでしょうね」

「私たちを憎まないのか？　君のこれまでの功績を無下(むげ)にされて、信頼を裏切られて、踏みにじられようとしているんだぞ？」

「どうなんでしょうか――私は正直、迷いすぎていて、何も決められないだけかも知れません」

「それを言うなら、誰だって同じだ。はっきりと人生の道筋を定めて、その通りに生きられる者などこの世にはいないだろう――あの二人はどうか知らないが」

「――二人、ということは――そうか」

「そうだ。君の〝先生〟でもあった製造人間と、そしてそれに対する交換人間だ。あの世間体を無視し、善悪も軽視して好き勝手に生きているようにしか見えない二人は、我々の常識から外れている。君がこれから落とされることになる苦境も、あるいは彼らの対立が影を落としているのかも——」

憎悪人間は怒らない
“The Hatemonger”

『夢を失った人間は世界に対して憎悪を抱く。しかし希望そのものを喪失したとき、人は憎悪することさえも失ってしまう』

——霧間誠一〈凝固する思念〉

1.

コノハ・ヒノオ少年は、毎朝の習慣である犬の散歩の途中で、奇妙な人物に出会った。

(ん……?)

公園のベンチに、その老人は座っていた。他に人は誰もいないが、鳩が何羽か空を舞っている。そしてその鳩は、別に餌を撒かれている訳でもないのに、ただ座っているだけの老人のもとへと舞い降りていく。

(あれ……?)

鳩はどんどん増えていく。老人の近くに降りて寄ってくるものもいれば、直に彼の肩の上にとまるものまでいる。ベンチにもどんどん乗ってきて、みるみるうちに老人の身体は鳩まみれになってしまった。

(な、なんだ……あれ？)

たかっている。襲われているようにさえ見える。しかし老人は微動だにせず、動揺している様子はない。その顔は穏やかに微笑んでいる。

「………」

ヒノオは茫然としている。その手から力が抜けて、犬をつないでいるリードをぽとり、と落としてしまった。するとその隙に、犬が彼から離れて、たったったっ、と老人の方に駆け寄っていってしまう。

「あっ——」

犬の接近で、鳩たちがいっせいに飛び立った。

犬は別に鳩を追わずに、老人のところに来て、その前を左右に行ったり来たりする。吠えたりはせずに、ふんふんと鼻を鳴らしながら、老人の周囲を回っている。そして、ベンチの上に登って、老人にその身体をすりつけ始めた。

「あ、あっ——」

その光景を見て、ヒノオは少なからずショックを受けた。この犬は、ヒノオがいくら世話をしても、決して彼になついている素振りを見せなかったのである。それなのに——。

「………」

彼が立ちすくんでいると、そこでやっと老人が、

「やあ、おはよう」

とヒノオに声を掛けてきた。

「お、おはよう……ございます」

「君はいい飼い主のようだね」

「え？」

「この彼——前に、相当な大怪我をしたことがあるだろう。それなのに今、これほど元気だということは」

老人は犬の鼻先に指を差し出すようにした。すると犬はその指先を、はむはむ、と甘噛みした。

「君が適切な処置を、かなり長い間続けてあげたということ……辛抱強くて、物怖じしない態度で接しているのだから、これはいい飼い主だろう。ラッキーだったな、おまえは」

と、老人は犬の方に向かってうなずきかけた。すると犬も首を上下に振る動作をしたので、ヒノオはびっくりした。それから顔を伏せて、

「で、でも……その、おじいさんの方が、手馴れてるみたいですけど……」

と言ってみた。しかしこれに老人は笑って、

「これは馴らしているんじゃないよ。この彼は、私のことを同類だと思っているんだよ。人間じゃなくて犬の仲間だと感じているんだな」

と言いつつ、彼は手を犬の頭の少し下の方に差し出した。すると犬はまた、その手に首をすり寄せる。

（……そうか）

ここでヒノオは、老人が一度も、犬がなついてきたときに人がしがちなことを何もしないことに気づいた。頭もなでないし、首を抱きかかえたりもしない。そして犬の方も、彼のことを殊更に舐めたりしないで、身体を擦りつけるような動作を繰り返している。

（確かに、人相手というよりも、仔犬が兄弟相手にやるような感じだ……）

自然に吐息が漏れて、つい、

「うらやましいです……」

と、ぼやいてしまっていた。すると老人が、

「どうかな、君は彼に言うことを聞いてほしいと思っているだろう？」

「は、はい」

「なら、私をうらやむ意味はない。私は彼に、言うことを聞かせることなんか何もできないからだ」

「え？」

「飼い主である君の命令なら、彼も多少は従うだろうが、私は何もできないだろう。それは彼にとって私は、同じ立場だからだ。友達にはなれるが、上官にはなれないし、ならない。だから彼は私のところに寄ってきたんだ。〝なんか珍しい奴がいるぞ〟という好奇心で。なんの危機感もなく」

「……友だちになれれば、充分な気もしますけど」

ヒノオがそう言うと、老人はにっこりと微笑んだ。

「君は、ずいぶんと慎重なんだな？」

「え？」

「この彼だって、君に対して充分な友情を感じているよ。それと敬意も。素直にそれを受け入れればいいんだ。仲良くなっていいのかな、なんて引っ込み思案でいる必要は、もうないと思うよ」

言いながら、老人は犬が膝の上に乗ってくるのをそのまま受け入れている。かなり重いはずだが、迷惑がっている様子はない。

「そう……なんですか？」

「試しに、今、彼のことを呼んでみるといい」

「…………」

「大丈夫だから、さあ」

促されて、ヒノオはやや硬い声で、

「も、モロボ……こっちに来て！」

と言った。すると犬は振り向いて、老人の膝から降りて、彼のもとへと戻ってきた。目の前に座って、上目遣いに彼のことを見つめてきた。

「あ……」

その素直さに、ヒノオは少なからず戸惑ってしまった。すると老人は、

「モロボくんか、なかなかいい名前じゃないか。君が付けたんだね」

「う、うん」

「それじゃ、私はそろそろ行かなくては。楽しい出会いをありがとう」

老人はベンチから立ち上がって、会釈して、そして公園から去って行く。

ヒノオは少しぼんやりしていたが、はっとなって、慌てて老人の後ろ姿に向かって、

「あ、あの……あなたは？」

と呼びかけていた。人見知りの激しい彼にとって、それは滅多にない行動だった。老人は振り返って、

「ボンさん、と皆は呼んでいるよ」

と言って、そのまま歩いて行ってしまった。

「…………」

ヒノオはしばらくぼんやりとしていた。犬がそんな彼を訝しげな表情で見つめている。しかしそれさえも気づいていない。この孤独な境遇に育った少年は、他の子供たちなら人生でもっと早くに感じる気持ちを今、生まれて初めて知ったのだった。彼はボンさんという老人のことを、

（そうか……かっこいい、って……ああいうことなのか……）

と思っていたのだった。

＊

ウトセラはその朝、携帯端末の着信に起こされた。

「……ぬう」

彼は決して朝に強い方ではない。むしろ寝坊助の部類に属する。そのため不機嫌きわまる調子で、その連絡に応じた。

「……なんだ、こんな時間から——場合によっては君の処分も検討させてもらうぞ」

〝それは失礼しました、ウトセラ・ムビョウ。ですが、緊急であなたにお伝えすべきだと思われる事態が〟

声は淡々としていて、ウトセラの嫌味にもまったく応じる気配はない。

「なんだよ、また刺客かい。警備なら勝手にやってくれ。いちいち僕の確認をとる必要はないだろう」

〝それが明確ではありませんので。標的があなたであるかどうか、是非ご意見をうかがいたく〟

「――なんの話だ？」

〝逃亡者です。合成人間カーボンが統和機構から離反しました。その目的は現時点で不明です〟

「…………」

〝あなたとカーボンには、浅からぬ関係がおありです。彼の意図を推測できませんか？〟

「…………」

〝カーボンは〈憎悪人間〉として、他の合成人間とは一線を画していますが、その危険性がどれほどのものであるのか――〈製造人間〉であるあなたの見解を教えていただきたいのです〟

「…………」

2.

統和機構というシステムがいつ頃から世界を裏から管理するようになったのか、知っている者はほとんどいない。

それを統括している者さえも正確なことは理解していないのではないか、と思われるほどに、その構造は複雑怪奇で様々な部門に分かれている。ただひとつだけ共通しているのが、合成人間と呼ばれる特殊な能力を持つ者たちが、あらゆるところで暗躍して、常人たちでは到底かなわぬ成果を挙げることで、その影響力を維持しているということだ。

そして、その合成人間に能力をもたらす〈合成薬〉を生成できるのは、この世でウトセラ・ムビョウただ一人である。そのために人は彼のことを畏怖を込めて〈製造人間〉と呼ぶ。

「ただいま」

コノハ・ヒノオは犬の散歩から帰ったとき、一応そう言うことにしている。しかし彼の同居人であるウトセラは留守か、あるいは寝ているので誰にも伝わらないのを承知で言っている。だが——このときは意外にも、

「おかえり」

という返事が聞こえてきた。そしてコーヒーの香りが玄関にも漂っている。

リビングに入ると、ソファに深々と腰掛けたウトセラが、カップを口元で傾けていた。

「あれ、珍しいね——ムビョウ、もう起きていたの？」

「ああ——でも、食欲がないから僕の分の朝食は作らなくていいよ」

「コーヒーも自分で淹れたの？」

「いや、インスタントだ。……そういえば、どうして家にインスタントコーヒーがあったんだ？　君はいつもドリップで淹れてるのに」

「ああ、それはカレーの隠し味に使ってるからだよ。他にも料理にちょくちょく入れてるんだ」

「そうなのか……なるほど」

ウトセラはうなずいて、かすかに吐息を漏らして、そしてまたコーヒーをすする。

「砂糖は？」

「いらない」

「そう……」

ヒノオ自身はコーヒーには砂糖をたくさん入れて飲むのが好きだ。そもそも世界的にはそっちの方が主流で、ブラックというのはむしろ邪道らしいという話を聞いたので、子供っぽいかも、とか思わずに胸を張って入れている。ウトセラも普段はその彼の意見を容れて、砂糖入りのコーヒーを文句も言わずに飲んでいるので、今の様子はなんだか、少し違和感がある。

「なにかあったの？」

「いや、別に」

ウトセラはそっけない。こういうときの彼に何を言っても無駄なのは知っている。といって怒っている風でもないので、ヒノオはなんとなく、

「そういえば、さっき不思議な人に会ったよ」

と話し始めていた。

「驚いたよ。その人の周りに鳩がたかっているんだ。でも全然平気で。そしたら次はモロボが寄っていって――あんなに誰にもなつかないのに、その人にだけはすごくまとわりついてさ。あ、名前はボンさんと言ってたよ」

「──」

「すごいなあ、って思って──動物とあんなにすぐに仲良くなれる人っているんだな、って。ボンさんはいつも何してる人なんだろう。この辺に住んでるのかな。公園によく来るのかな。ねえ、ムビョウはボンさんに会ったことある？」

話し始めたら勢いがついてしまって、ついそう訊いていた。ウトセラが近所の人の話など一度もしたことがなく、一切の興味を持っていないのはわかっていたのに、はずみで訊いていた。無視されるか、と思ったが、しかしここでまたしても、いつもとは違う反応が返ってくる。

「ヒノオ──その人とは、もう二度と話してはいけない」

唐突に、断定された。

「え？」

「会ったら、背を向けて離れろ。相手の言葉に耳を傾けるな」

「ど──どうして？」

「どうしても、だ」

ウトセラは強い口調で言った。それはヒノオに言っている以上に、自分にも言い聞かせているような声だった。

「……なんなの、それ？　今までそんなこと、一回も言ったことないのに」

「…………」

「おかしいよ、ムビョウ……なんなの？　どういうことなの？」

ヒノオは言いつのったが、ウトセラはもうそれ以上、何も言わない。

「おかしいよ！」

ヒノオは叫んで、そして家から飛び出してしまった。

「…………」

ウトセラは追わずに、そのままソファでぐったりしている。

＊

（なんでだよ――何が悪いっていうんだよ？）

走りながら、ヒノオは自問自答を繰り返していた。記憶の中で、問題の人物になにか問題があったかを必死で探した。しかしまったく思い当たることはなかった。あの老人が誰かを傷つけるところは想像もつかなかったし、逆にウトセラや彼の仲間たちが彼のことをいいように利用したりする姿は容易に浮かんだ。

（どういうことなんだろう――なんでムビョウは――）

ヒノオは気がついたら、さっき老人と会っていた公園まで来ていた。彼が座っていたベンチに戻ってきた。しかし当然ながら、そこに彼はいない。

「…………」

混乱し、動揺し、立っていられなくなって、ヒノオはベンチに座り込んだ。うなだれる。しばらくそうやって、彼は石のように固まっていた。

それから、どれだけの時間が経ったのか……数分だったかも知れないし、一時間近く過ぎていたかも知れない。ヒノオがぼんやりと脱力しているその場所に、ひとつの人影がふらりとやってきた。

足音はしない。忍んでいるというよりも、そもそも靴をかつかつと鳴らして歩くのは体重移動が下手くそだからだ、と主張しているような、それは無駄のない、隙のない足取りだった。無音のくせに、やたらと雄弁で、傲慢な印象のある動作だった。

その男——詰め襟のついた学生の制服みたいな紫色の服を着ている。痩せ型ではあるが、貧弱な印象はない。顔立ちは童顔と言えないこともないが、目つきが悪すぎて、子供っぽいところは皆無だ。

その男は無音のまま、ヒノオの前に無遠慮に立ち、

「おい——おまえが無能人間か」

といきなり訊いてきた。ヒノオが弱々しく顔を上げると、その男も顔を近づけてきて、

「おまえだろ？　ウトセラ・ムビョウのところにいる居候ってガキは」

「…………」

「おい、話しかけてんだぞ、こっちは——何か言ったらどうだ」

「…………」

「まったく、さすがウトセラのところにいるだけあって、あいつと同様に何考えてんのかさっぱりわからん奴だな——名前はなんだっけ、ヒノキだっけ？」

「……ヒノオ、です」

「なんだよ、黙秘を貫かないのかよ、中途半端な奴だな。別に俺はおまえの名前なんか憶える気はないから、間違っていてもかまわないんだよ」

「あなたは……あなたも統和機構の人なんですか？」

「おいおい、ウトセラの奴はどういう教育をしてるんだ。まさかおまえ、俺を知らないのか？　俺が統和機構の、他のつまらん雑魚連中と同類だと思うのか？」

「……じゃあ、なんなんですか」

「俺はフォルテッシモだ。それだけだ。誰とも一緒にするな。俺はこの世で最も強く生まれてしまって、そいつに飽き飽きしているんだよ。唯一無二の存在で、統和機構も俺をも

てあましている」

男はなんのてらいもなく、自慢げですらなく、むしろ投げやりにそう名乗った。そして、

「ところで、おまえはこの辺で変なジジイを見なかったか？」

と訊いてきた。ヒノオの顔がびくっ、と強張った。その表情の変化に気づいているのかどうか、フォルテッシモはやはり投げやり気味に、

「カーボンとか、ボンさんとか、そんな風に言われてるらしいな。どうだ、心当たりはあるか」

「……なんで、その人を探しているんですか」

「裏切り者だからだ。だから俺に殺してくれっていう依頼が来た」

最強の男は淡々とそう言った。

3.

「そいつは〈憎悪人間〉と呼ばれているそうだ。大した奴でなければわざわざ俺が呼び出されることもないから、まあ、危険人物なんだろう。俺に敵(かな)うはずもないが」

「……そうお？　それって——」

「憎しみであり、恨み辛み(つら)であり、他の者を害したいというネガティブな感情だな」

「で、でもそんな——」

　言いかけて、ヒノオはあわてて口を閉ざした。自分がボンさんと会っていたことをこの男に知られてはならない、と思った。思ったが——手遅れだろうか、とも感じていた。それでも自分から言うことはできない。しかしフォルテッシモはそれを問いただすでもなく、

「なあ、おまえは憎悪って、どんなものだと思う？」

「え？」

「おまえは誰かを殺したいと思ったことはあるのか？」

「…………」

「あれだろう、憎悪っていうのは、誰かを殺したいと思う気持ちなんだろう？　実のところ、俺にはそいつがピンとこないんだよ。おまえにはわかるか？」

「…………」

「おまえのことは資料で読んだ。どうやらさんざんな目に遭ってきたらしいな。生まれたときから心臓の難病で余命幾ばくもなく、ウトセラに〈薬液〉を投与してもらって生きながらえるものの、そのときに起きた戦闘で両親ともに死亡。後は育ての親とは名ばかりの、

統和機構の観察者たちに能力を発現させようと無茶な実験にかけられ続けて、成果が出ないとなると、次々とたらい回しにされて……で、結局はウトセラのもとに戻されたわけだ。どうだ、誰かを恨んでいるか。特に殺したいと思っている奴はいるか」

「…………」

「よく知らんが——〈憎悪人間〉というのは、自分がなにかを強く憎んでいる、というわけではなく、他人から憎悪を引き出す、という能力らしい——それで奴は、統和機構の様々な奴と会っては、そいつの中にある不満がどれくらいのものなのか測定する、というような仕事をしていたそうだ。そいつの上層部への憎しみが本物であれば、そのことを奴に打ち明けずにはいられなくなるんだそうだ……不思議な能力ではある。どんな奴でも、奴と会うと〝実はこう思っていたんだ〟ということを告白したくてたまらなくなる……日常生活で隠している〝憎悪〟を表明したくなるんだ。こんなに楽な尋問はない。システム内部の裏切り者が、自分からぽろぽろと本音を暴露してくれるんだから。あるいはそれは、ただカーボンによって過剰に憎悪を刺激された結果かも知れないが、どっちにしろ危険分子であったことは間違いない。暴かれて破滅するのは自業自得だな。ただカーボン自身からすると、自分を信じて告白してくれた相手を常に裏切り続けていたというのは、どんな気分になるものなんだろうな？」

　フォルテッシモはここで、かすかに笑ってみせて、ヒノオに、

「おまえが仮に、奴と会ったとしたら、おまえもまた、内面に隠された憎悪を引き出されたかもな」

　と問いを投げかけてきた。

「…………」

「奴はおまえと似たところがある。最初は何の能力もないかと思われていたが、奴自身にではなく、周囲の人間に変化を生じさせるということがわかって、その価値が激増した。おまえもそれに近いらしいな、無能人間」

「…………」

「ウトセラが引き取って、さらに最近では〈交換人間〉ミナト・ローバイにも目をつけられているそうじゃないか。おまえ自身に意図がなくとも、他の連中が勝手に価値をつり上げている――」

「じゃあ、僕も殺すんですか」

　それまで無言だったヒノオが、そこで口を開いた。ん、とフォルテッシモはやや眉をひそめて、

「それはどういう意味だ？」

「いや、似ているって言うなら、僕も狙われてるのかな、って思って」

「ふうむ……なあ、おまえは知らないようだが、今の言葉はかなりの挑発らしいぞ」

「え？」

「いや、俺にもイマイチわからんのだが、なんでも世間一般の間では〝俺を殺してみろ〟ってのは、喧嘩をふっかけているのと同じ意味なんだそうだ。あと、少しだけ気になったんだが、おまえ——さっきから一度も、俺が最強だと言っても〝どれくらい強いか〟とか訊いてこないな。なぜだ？」

「いや——だって。どうせ僕より強いのは変わらないと思うし。疑っても仕方ないでしょう」

ヒノオがそう言うと、フォルテッシモは、ふん、と鼻を鳴らして、

「おまえ——かなり変わっているな」

「そうですか？」

「少なくとも、他の奴とは似ていない。俺に向かって、さぞお強いんでしょう、などと言ってくる連中とはな。なあ、憎悪人間はおまえに、ほんとうに似ていると思うか？」

「……そう言ったのはあなたですから、僕にはなんとも」

「いや、そんなことはどうでもいい。おまえに似ているというのなら、少しばかり興味が

増してきた。面白い奴かも知れない。どうするかな——いっそ奴の味方をして、統和機構と戦ってみるかな？」

急にとんでもないことを言い出す。さすがにヒノオが目を丸くしていると、フォルテッシモは、

「できないと思うか？　俺には」

と悪戯っぽい口調で訊いてきた。ヒノオが答えられないでいると、さらに、

「そういえば、ウトセラの奴はカーボンのことをなんて言っていた？　もし俺が奴の側につくとしたら、あの製造人間ももしかしたら、憎悪人間に協力するかもな。奴ら、まんざら知らない仲でもないし」

と言った。意外な言葉にヒノオは、

「え？」

と表情を強張らせる。するとフォルテッシモは実に軽い口調で、

「なんだ、それも知らなかったのか——あいつらは古い知り合いだそうだ。なんでもウトセラ・ムビョウの製造人間としての〝成功例〟第一号が、カーボンなんだそうだ」

と統和機構でも最高機密に属するであろう事実を、いともあっけらかんと明かす。

「もしあいつに能力が覚醒しなかったら、ウトセラは今頃は処分されていたんじゃないか、

って話らしいぞ」

「…………」

＊

「先生、お久しぶりです。お変わりありませんね」

「君は、ずいぶんと老けたね——目元は変わっていないが」

「ははは、そうですか。でもやっぱり、先生の前に来ると、自分が子供に戻ったような気がしますよ」

その老人は、ヒノオと入れ替わりになる形で、ウトセラ・ムビョウの家を訪れていた。

「今じゃボンさんか。変な感じだな」

「憎悪人間ですからね、私は」

「こっちは製造人間だよ。お互いによくわからないものになってしまったな」

「先生から見ても、私のあり方は奇妙なものでしょうかね？」

「憎悪人間の、世界における存在価値の話かい？」

「そうです。私には、自分でも色々と納得しかねるところが多いもので」

「僕に訊くのかい？　常に大多数に従い、自分からはなにも決定しないことで、統和機構内での立場を守っている僕に、自分の意見を言えと？」

「いや、統和機構のウトセラ・ムビョウにではなく、かつて私の主治医だった頃の先生に訊きたいんですよ」

「やれやれ、君のそういうところは変わっていないね。おとなしそうな顔をして、実は抜け目なくて遠慮がないんだ」

ウトセラは苦笑して、うなずく。

「そうだな……まず言えるのは、憎悪人間の能力は、きわめて有効であるという事実がある。統和機構が世界を管理する際に、どうしても生じてしまう軋轢を軽減できるのだから。人間が、自分たちでは制御しきれない危険要素である〝憎悪〟をある程度は誘導できるのだから」

彼は他人事のように言う。

「およそ古今東西、ありとあらゆる支配体制は憎悪によって打倒されてきた。いくら完璧にバランスをとったつもりでも、その時代時代の正義に則っているつもりでも、必ず憎悪は社会に蓄積していく。だから支配者たちは人々の憎悪をコントロールしようとする……他に敵を作ってみたり、内輪もめさせるようにしたり……しかしその結末はたいてい同じだ。コントロールしているつもりで、いつのまにかその支配者たち自身もまた、そのでっち上げた憎悪に呑み込まれてしまって、暴走して、自滅するんだ。憎悪は理性に先行する。自我ですら憎しみによってかき消されてしまう。人間である以上、憎しみから自由にはなれない。それはもう、生物的な宿命だ」

「絶望的な話ですね……」

「いいや、それがそうとも言い切れないんだ。人間は怠惰だ。すぐに体制に順応して、硬直して、取り返しのつかない失敗を重ねて後戻りできなくなる。憎悪はそういう停滞に穴を開ける役割も果たしているんだ。まあ、ほとんどの場合は破滅するだけなんだが」

「先生が大多数に従うという場合はどうなんですか、彼らの憎悪にも従うのですか」

「どうかな……しかしそうなった場合、君の方が僕よりも強大な存在にはなるだろうね。僕は他人の憎悪をどうすることもできないが、君はそれを文字通りに〝引き出す〟ことができるのだから」

「あまり愉快な能力ではありませんよ」

「知ってるよ。強大であることと愉快であることは必ずしも両立しない。他人に勝っているというだけで得意げになれるのは、半端な者だけだ」

ウトセラはやや強い口調でそう言った後、少し首を左右に振って、

「……いや、そんなことを言ったら、完全な者などこの世にはいないか。みんな中途半端

だ。だから憎悪にも引っ張られる……」

　と、上目遣いで老人の方を見る。

「今のは君の能力のせいかな。らしくもなく激しい怒りに急にとらわれたような気がしたが……それとも、僕自身の乱れかな。どんな風に感じたんだい？」

　この問いに、カーボンは穏やかに微笑んで、

「先生は、さっきからまったく乱れていませんよ。強いて言うなら、ずっとお怒りになっています」

　と言った。

4

「……なるほどね」

　ウトセラは吐息をついて、そして唇を少し尖らせた。

「君には、僕が何に怒っているのか、そこまで視(み)えるのか？」

「いいえ。そもそも好き勝手に憎悪を制御できるとか、そういうものではないのですよ。

私としては皆の様子を呆然と見送っているだけです」

「そして周囲が勝手に破滅したり、争いだしたりするわけか」

「もしかすると自分はウィルスのようなものかも知れない、とは思います。感染を広げて、世界に憎悪をまき散らしているのかも、と」

「で、それに耐えきれなくなったのか。罪悪感か、脱走の理由は。自分のせいで罪もない者たちが無駄に憎悪に駆られていくのを見ていられなくなったか」

とうとうウトセラは、会話の中で曖昧になっていたカーボンの現状に触れる。しかしこれにも相手は、

「どうでしょう、はっきりとこれだという理由がないようにも思います」

とぼやけた返答しかしない。しかしここでウトセラが、

「君のせいではない」

と断定した。その口調は確かに、怒りがこもっているように聞こえた。

「憎悪はただ世界に満ちているだけで、君が誘導しているわけでも決壊させているわけでもない。それは流れやすいところに向かって落ちていっているだけだ。より弱いところ、より脆いところを狙って——今もそうだ。なあ、どうして君は、僕のところに来た？」

「………」

「統和機構から脱走して、まずやることは見つからないところへ逃げることだ。なのに君は、製造人間の家という、よりによって最も警戒が強いと思われるところにやってきた……なんでだ？」

「………………」

「それは君が僕のことを〝弱い〟と思ったからだ。自分がどうにかしてやらなければならない、脆い存在だとみたからだ。違うか？」

「………………」

「なあ、もう通報はしているんだろう？　自ら脱走を機構にリークして、追っ手を呼んでいるんだろう。そして僕のところで仕留めさせる——そうすれば、君の裏切りに、ウトセラ・ムビョウは無関係であり、その罪を問う必要がないと判断される……そう思ったんだろう」

ずばり言われて、カーボンはその顔から微笑を消した。

「先生——ほんとうにお変わりがないですね。相変わらず隙がない。もうちょっと、統和機構の最高権威として長年を経てきて、緩んでいらっしゃるかと思っていたのですが」

「ずいぶんと舐められたものだね、僕も」

「先生はずっと、私に怒っていらっしゃったのですね。しかし、不思議なことにこれは心地よいですよ。責められているのに、不快ではない――」

「だから駄目なんだよ、君は。こんな程度で安堵してしまうから、すぐに仕事を投げ出したくなるんだ。実のところ君は、統和機構を裏切るつもりさえないだろう。ただ、色々とやめたいだけだ」

「そうですね――反論はできませんね」

「君はまったく、彼によく似ているよ。自分は悪くないと知っているのに、なぜかどうせ自分が悪いんだろうと思いたがる……どうにも僕の周囲には、そういう連中が集まりがちだよね」

ウトセラはふん、と鼻を鳴らした。

「彼、ですか――先生はあの少年をどう思っているのですか？」

この自然な質問に、ウトセラはかなり大仰(おおぎょう)に両手を挙げてみせて、

「おいおい、まさか彼や、彼の犬のためにも僕には安全策をとれとか言うんじゃないだろうね。残念だけど、僕にそういう懐柔は無意味だよ。僕は今、君の意向などこれっぽっちも重視しない、という立場に立っているからね。君の中途半端を許さない――」

「……というと？」

「カーボン……その名前の意味は〝炭素〟だ。それはきっと、この世で最もありふれてい

る元素、という意味だろう。憎悪がそれくらい世の中にあふれているから、と言ったところだろう。だがね――炭素をどこまでも凝縮させると、そいつは〝ダイアモンド〟になるんだ」

　ウトセラの声には、だんだんと冷たい響きが伴ってくる。

「君は、その気もないのに統和機構に反逆するふりをして、楽してステージから降りようとしている……僕はそんな不精（ぶしょう）は認めないね。君がここで追っ手と戦うというのなら、僕は君の前に立ちはだかってやるよ。きっと追っ手は僕ごと君を攻撃するだろう」

「先生、それは……」

「そうだ。これはもう君への忠告でも命令でもない。僕がやるだけだ。君の考えなど知ったことか。君にできることは、こんな僕のあり方を前に、どう動けばいいのか、あらためて考えることだけだ」

「…………」

「さて、どうするね、憎悪人間――製造人間を道連れにして死ぬか、それとも――本来に帰るか」

「……本来？　私の……？」

「残念だが、僕も君も、もはや昔のようには生きられない。もはや自由ではない。能力という宿命にがんじがらめに縛られて、身勝手に破滅することもできない――そう」

ウトセラは、老人の眉間あたりを指さした。

「君は世界中の憎悪を集めるように造られた。統和機構に向けられる敵意を、君は引き受けていかなければならない。こんな中途半端で打ち切りにはできない――見せかけだけの反逆ごっこなどしている場合ではない」

「す、すると先生は――私に――」

「そうだ。君がこれ以上他人を裏切りたくないというのなら、個人レベルではない、もっともっと大きな裏切りをする必要がある。反逆するなら、堂々とそれを背負っていかなくては。統和機構に戦いを挑みたがっている連中の、君はその〝指標〟とならなければならないんだよ」

「――で、ですが、先生……それはもはや、手遅れで……おそらく、私を追ってきているのは……」

老人の言葉に、ウトセラはかすかに顎を上に動かして、

「ああ――いや、あいつなら、こないだも会っているよ」

と軽い口調で言った。

＊

「なあヒノオ、おまえは憎悪についてどれくらい知っているんだ？」

「えと――」

「なんだか、おまえも俺と同じで、ピンと来ていないみたいだな」

「まあ――そうかも」

「おまえをひどい目に遭わせた連中のことは、どう思っているんだ？」

「うーん……あんまり考えない、かな」

「ああ、無視するってことか。そいつは強い憎しみの裏返しじゃないのか」

「でも、自分じゃよくわかんないよ。それに……その頃は、その」

「なんだ、楽しいこともなかったから、比較するものがなかったのか」

「うん……」

「なるほど。ではおまえに訊いてもしょうがないか」

「で、でも……なんであなたに、そんなことがわかったんですか？」

　ヒノオにとって、自分の考えを理解してもらえる機会というのはほとんどない。ウトセラはいつも相手を煙に巻くようなことばかり言っているし。これにフォルテッシモは、

「ああ、それは簡単だ。俺もそうだからだ。比較する対象がないくらいに強いから、誰かにやられて悔しいとか、本気で思ったことがないんだ。ちょっとイラつくことがあっても、なんだったら殺してしまえばいいかな、とかすぐに思ってしまって、怒りが持続しないんだ。おまえとは真逆だが、ピンと来ないって点では一致するんだろうな」

「はあ……」

「なあ、どうして他の連中は、ああもムキになって色々なことを憎んでは攻撃し、恨んでは報復したがるんだろうな？」

「僕に言われても……」

「たとえば、おまえにとって大切な何かを他人に横取りされるようなことがあったら、そのときは憎しみを感じると思うか？」

「………」

「俺は、どうなんだろうな……どうなったら俺は他人を心の底から殺したいと思えるほどの憎しみを持てるんだろうな。そういう意味では、俺は他の人間が少し妬ましいよ。俺にはわからない情熱を持っているんだからな」

「情熱、かな」

「違うのかな。俺には区別がつかないが。何かを大好きだというときと、大嫌いだというとき、人間は同じくらいに眼をぎらつかせているように見えるがな」

フォルテッシモは遠い目をして、早朝の澄み渡った空を見上げる。

「憎悪人間は、俺にどんな眼を向けてくるんだろうな。ウトセラみたいだったら、かなりガッカリさせられることにはなるか……おい、ヒノオ」

「え？」

「やっぱり、俺にカーボンの情報を与えるつもりはないか」

急に訊かれた。ヒノオはまた押し黙るしかない。しかしフォルテッシモはそれ以上は問わず、

「じゃあな。また会おう」

と言って、唐突に背を向けて、ヒノオが座っているベンチから離れていく。結局脅しもしなかったし、説得しようという素振りも一切見せなかった。

（……でも、なんだろう……）

彼は、決して味方ではない——それだけはヒノオにもはっきりとわかっていた。フォルテッシモは誰の味方もしてくれない。彼はただ、ひたすらに孤立していて、どこまでも最強なだけなのだ。

(さて——カーボンはなにか仕掛けてくるだろうか)

ヒノオにはああ言ったが、もちろんフォルテッシモには標的を許すつもりは毛頭ない。カーボンが統和機構から逃げる前に接触してきて、協力を依頼されていたらどうなったかわからないが、こそこそ逃げ出した後ではもはや何の説得力もない、というのがフォルテッシモの定義だった。彼は常にシンプルな判断でしか動かないし、それで困ることもない。もし何らかの障害が生じたときには、実力で排除すればいいだけなのだから。

(奴がウトセラを人質に取るという可能性もあるのか。まあ、俺を相手にしたら意味はないが——)

彼はどんどん歩いていく。迷いはない。ウトセラ・ムビョウの家まであと少しというところまで来た。

するとそこで、彼の頭上を通り過ぎていく影が路面に落ちた。

鳩の群れだった。

「む——」

普段よりも密度が濃い状態で、鳩が密集して、特定の方角に向かって飛んでいく。その現象について、フォルテッシモはすでに説明を受けていた。

（あれか——カーボンが持つ能力の〝副作用〟だな）

彼は、自覚のない人々から憎悪を引き出してしまうのだが、それは動物においても同様なのだという。彼らもまた自らの憎悪に流されるのと同時に、他の生物の憎悪から逃れようとして生きている。カーボンはそういう生き物たちにとって〝避難所〟のようなものとして捉えられるのだそうだ。自分が何の憎悪も向けなくてよい、安全な存在として認識されるのだという。そしてカーボン自身は、これを制御しきれない。来るものを拒むことはできないのだ。だから追っ手に追われている状態でも、動物がたかってくるのをやめさせられない——。

（強力な能力には、そのぶん負わねばならない責任もあるということだな、カーボン——）

フォルテッシモは走り出した。彼は常人とは比較にならない速度で移動可能だが、今は鳩よりも速く動くことはできないので、それなりの速度にとどめる。

市街地を抜けて、郊外の森まで来た。道路沿いだが、人通りもほとんどない場所だ。もともとウトセラの住居は人口密集地帯ではないところに置かれているので、すぐにこういうところに出る。

鳩は、その中でも少し開けた原っぱに向かって降りていく。

そして、一点に集まっていく——そこにいる。

「よし——」

フォルテッシモは足を止めて、狙いを定める。

彼の能力は空間そのものを制御できるというものであり、防御も相殺も不可能というものである。射程内に入って狙われたが最後、もはや抵抗するすべはない——だが、そこでフォルテッシモは異常に気づいた。

鳩の動きが……なんだかおかしい。

その集まり方は——一点に向かって集中していくその勢いが、なんだか強すぎる。急降下していく、その勢いがまったく衰えることなく、一点めがけて次々と——襲いかかっていく。

「あ……？」

鳩は安らぎを求めて集まっているのではなかった。目標に向かって、殺意と敵意と、そして憎悪を剝き出しにして、嘴と爪を相手に食い込ませようとして強襲しているのだった。

そして……小さい。

その集まっていく点の大きさは、どう見ても人間が横たわっているものよりもずっと小さい。

「ぬ――！」

フォルテッシモの顔に、はっきりとした怒りが浮かんだ。そして次の瞬間、彼の攻撃が鳩たちの中心部で炸裂していた。それはきわめて抑制された、風船が破裂した程度の衝撃だったが、充分だった。

鳩たちは、あっというまにその場から散っていって、空の彼方へと飛び去っていった。

そして、後に残されたものは……やはり鳩だった。

一羽だけ、鳩が血塗(ちまみ)れになって地面に横たわっていた。

身体の至るところが引き裂かれ、食い千切られた無残な姿だった。

他の鳩たちと、なんら変わるところのないはずの鳩が一羽だけ……否(いな)、よくよく見ると、その鳩は少しだけ変わっている。他の鳩たちが柿色の目をしているのに対して、そいつだけは目の色が妙に、赤みが強い……血のような色をしている。

「おい……」

フォルテッシモは苛立ちもあらわに、刺々しい声で呼びかける。

「おいウトセラ・ムビョウ！　いるんだろう。出てこい！」

その鋭い響きに、近くの木陰から人影がひとつ現れた。

「やあ、フォルテッシモ。どうしたんだい、こんなところで」

のんきそのものの声で、ウトセラは返事をした。

「どうもこうもあるか！　この鳩――おまえ、こいつに〈薬液〉を投与したな？」

「ああ、例の実験だよ――僕のアレは人間を合成人間に変えることはできるんだが、他の生物にはどうもうまくいかなくてね……どういうわけか、同種の仲間が襲いかかってくるようになってしまうんだよね」

ウトセラはひょうひょうとしている。

「何が悪いんだろうね。他の同類からやたらと憎悪を向けられて、抹殺されるようになってしまうんだ。もしかすると、ここには進化というやつの二律背反するかたちが……」

「どういうつもりだ？」

相手の話の途中で、フォルテッシモは厳しい声で遮った。

「おまえ――カーボンを逃がして、それで何を目論んでいる？」

「やだなあ、偶然だよ。たまたま僕の実験と、君の追跡が重なっただけさ」

「おまえが何をしようと、いずれ俺は奴を仕留めるんだぞ。こんな時間稼ぎがなんになる？　いたずらに統和機構から警戒されるだけだろうが」

「さて、どうだろうね」

あくまでもとぼけているウトセラを、フォルテッシモはしばらく睨みつけていたが、やがて大きく息を吐いて、

「やめたやめた。あれこれ考えても無駄だ。どうせおまえはへそ曲がりな屁理屈を言うだけで、まともな返事なんか絶対にしないんだからな」

と投げやりに言った。

「そうかい」

ウトセラの方は表情に変化はない。安堵した様子もなく、緊張している風でもない。ただ平然としている。

「だがなウトセラ・ムビョウ——おまえがやっていることは矛盾しているぞ。合成人間を製造して、誰よりもその覇権に貢献しているのに、一方で反対勢力を生み出すようなこともしている……その先に何があるんだ？　このバラバラでデタラメなやり方に未来があると思うか？　憎しみを増やして、煽っているだけじゃないのか」

「人間から憎悪を消すことはできないよ、フォルテッシモ。みんなが君のように強くはないからね」

「だから破滅してもかまわない、というのか。いや、おまえがそんな素直なことを考えているはずがない――馬鹿馬鹿しい」フォルテッシモは肩をすくめて、ポケットに手を突っ込んで、原っぱから立ち去っていった。

ウトセラは、地面に転がっている鳩の死骸へと歩み寄る。

「…………」

無言で土を掘り返して、その鳩を埋め始める。その作業の途中で、

「君も、怖い目に遭ったのかな？」

と、背後の気配に話しかけた。すると木陰から、ヒノオがこそこそと顔を出した。

「あの……」

「鳩の群れが飛んでいくのは、君にも見えていたんだろう。それでここに来た……フォルテッシモと会っていたかい？」

「う、うん……」

「変わっているだろう、彼は。まったく変な奴が多くて困るよね――」

ウトセラは埋葬を終えると、立ち上がって手を打ち払った。

「ムビョウ、その――あなたも……」

少年の問いかけを、ウトセラは半ば無視するように、

「やっぱりインスタントのコーヒーはあんまりおいしくないね。帰ったら淹れてくれるかい？」

　と言ってきた。

「う、うん……いいけど――」

「じゃあ、そろそろ戻ろう。君も犬の食事をまだ準備していないんじゃないのか？」

　ウトセラは彼を待たずに、ひとりで歩き出した。ヒノオもあわててついて行く。

（――でも……憎悪か……）

　少年の心の中では、様々な思いが錯綜（さくそう）していた。何が正しくて、何が間違っているのか、今の彼には見当もつかなかったが、しかしひとつだけ、

　〝誰かを恨んでいるか〟

　その問いだけが、妙にこびりついている。そしてたった今だけに限定するなら、彼には思い当たる節（ふし）がある。この朝の始まりに、あの老人と彼が会ったとき、犬が親しげに老人に駆け寄っていって、じゃれついたときに……心の中でなにか、かっと熱いものが湧き上

がるのを感じた。それは異様に存在感のある、無視しきれない感覚だった。あれが……

（あれが、憎悪なんだろうか……）

整理のつかないもやもやした気持ちを抱え込んだまま、少年は製造人間の後を追いかけていく。

"The Hatemonger" closed.

憎悪人間は肯定しない

No-Man Like Yes-Man act 2.

少年と製造人間が去って行く後ろ姿を、少し離れた物陰から見ている者がいる。

カーボンである。

（ムビョウ先生——あなたも酷なことをする）

実は、フォルテッシモの勘はまったく間違っていなかった。確かにカーボンはここにいたのだ。

動物を集めてしまうというカーボンの性質には限界があり、数分しか持続しない。だからいったん身を潜める場所をここで定めてしまえば、それ以上はそこに獣が集まることはない。そして無駄なことを極端に嫌うフォルテッシモは、一度調べたところを二度は探ろうとはしない。その点を突いた逃亡方法だった。

「…………」

（ここで逃げ延びて、私に何ができるというのか——しかし、こういう突き詰め方を、私は以前にもされたことがあるな……）

それは他人から〝交換人間〟と呼ばれている男だった。異常なまでに開けっ広げな態度で、他人の領域にずかずかと入り込んでくるそいつも統和機構の要人で、どういう特殊能力なのかは誰にもわからないが——とにかく、ありとあらゆるものを〝交換〟できるという。

「なあカーボン、君はどうにも中途半端だよな。駄目だな、それじゃあ。せっかくの才能も宝の持ち腐れだよ」

「どういうことですか、ミナト・ローバイ。私はそれなりに仕事はしているつもりですが」

「いやいや、それだよ、それがいかんのだよ。君は単に、オキシジェンの言いなりに動いているだけで、それ以上のことはしようとしていない。主体性がないんだ。それではただの人形だよ」

「我々は皆、統和機構の忠実なる操り人形なのではありませんか？」

「そういう君自身にも身にしみないような形骸化した建前を言うから、駄目だと言っているんだよ。なあ、君は私の憎悪だって引き出せるんだろう？」

「どうでしょうね——あなたはある意味で、裏表が存在しない人ですからね。すべてがあなたなりの〝価値があるかどうか〟という尺度でしか判断しないでしょうから」

「私は何を憎んでいると思う、カーボン」

「さあ。そもそも私は、他人の憎悪の内容についてはまったくの不干渉ですから」

「私は停滞をなによりも嫌っているんだよ。前進か後進か、それはそのときの状態次第だが、とにかく現状維持でいいという発想をとことん憎んでいるんだよ。だから正直、今の君だって嫌いなんだ」

「はあ——」

「こう言われるのは珍しいかね？　君は他人の不満を露わにしてしまうのが得意だが、他人から直に嫌悪を向けられるという経験は少ないだろう」

「それは——」

「ああ、ああ——わかっている。一人だけ、はっきりと君に〝それじゃ駄目だ〟と言った人間がいるだろう。君の以前の主治医だ。あの男なら、君にそういう感情を向けてきただろう」

「…………」

「そうとも、あの男と私は水と油で、考え方は完全に相容れないが……こと君に関して言うと、完全に見解が一致しているのさ。君は甘えている。自分の才能に胡座をかいて、努力を怠っている、とね」

「これではどちらが〝憎悪を引き出させている〟のかわかりませんね。あなたは私を動揺させようとしているのですか」

「ああ、そうだね……いや、あの男のことに触れたのはやや無神経だったか。君にとっては自分が無力で無価値な存在だった頃のトラウマに関わることだろうからね。いやこれはすまなかった。お詫びしよう」

「別にそういうことでは――」

「だがね、カーボン――真剣に考えてみてくれ。そもそも統和機構が何をしているのか、何と戦っているのか――」

「…………」

「オキシジェンの言いなりでは駄目だ、と私が言っているのは、何も自分の権勢を広めたいから、というだけではない。その気持ちがあるのは否定しないが、もっと本質的な問題があるだろう？　現状維持では駄目だというのは、我々の〝敵〟もまた、常に可能性を追い求めているからだと」

「…………」

「統和機構は人類の守護者だが、それはあくまでも〝今は〟というだけだ。いずれ必ず姿を見せるはずの、まったく新しい可能性を前に、今のままの我々に抵抗する手段があると思うかね？　そう、それは誰にも想像もつかない、思いもよらぬ方向からやってくるに違いないのだ。それは私が常に気を配っている、あらゆるものにどんな価値があるのか見極めるための努力さえも無に帰してしまうぐらいに、一見、まったくの人畜無害にしか見えず、むしろ愛らしささえ感じさせるような存在に違いなく――」

悪魔人間は悼まない
"The Satanic Majesty"

『憎悪に急き立てられて行動するとき、人はしばしばその衝動に酔ってしまって、本来の目的さえ忘れてしまう。しかし純粋な恐怖は、その陶酔は、決して人を不安から解放させず、ただ選択を迫るだけで……』

——霧間誠一〈VSイマジネーター〉

アララギ・レイカは戦闘用合成人間である。現在の任務は製造人間ウトセラ・ムビョウの身辺警護とそれにまつわる雑務一般である。統和機構の中でもトップクラスの重要任務に就いている彼女は、しかし昔から警護役をしていたわけではない。むしろその逆——彼女はもっぱら、味方を攻撃し、制圧することを担当していたのだ。そのころの彼女に付けられていた渾名(あだな)は『悪魔人間』——それはいくら攻撃しても、彼女を殺せない者たちが恐怖と共に呼んでいた名前である。

「だから私は、その頃はとっても威張っていましたよ」

「へえ、意外だね……ぜんぜん想像できないや。今はこんなに優しいのに」

「褒めても何も出ませんよ」

「あはは。でもそういえば、アララギさんは昔より物わかりがよくなった、ってフェイ博士も言ってたね」

「あの方は心にもないことを言いますからね」

彼女はウトセラが保護している少年、コノハ・ヒノオを世話することも多い。彼は料理を覚えたがっているので、アララギは色々と教えてやっている。ヒノオが飼っている犬の食事も、彼自身が作っているのだが、そのレシピは彼女が詳しく教えてやっているから、犬にとって害になるものを食べさせることもない。このところの彼のブームはグラタンで、キッチンには各種のソース鍋が火に掛けられていて、様々な匂いが混じり合っている。

「でもアララギさんはなんでもできるから、すごいよね。そんな風に色々やれたら、きっと楽しいんだろうね」

ヒノオは鍋をかき回しながら、しみじみと言う。しかし彼女は、

「そうでもありません。私は確かに様々なことを実行できますが、しかしその価値がよくわからないところがあります。だから、楽しいか楽しくないかというと、あまり楽しくない人生、ということになるでしょう」

「そうなの？」

「そうです。たとえば今、あなたに教えているこの料理も、実のところ私には味の良し悪

しがよくわからないんですよ。私は合成人間としては特殊で、頑丈な消化器官を有しているので、なんでも食べられてしまうぶん、おいしいとかまずいとか、自分ではピンとこないんです。私の料理はデータだけです。〝こういうのが、皆はおいしいと思うんだろうな〟という知識です。そこに自分の感情はありません」

「……えと、よくわかんないけど……好き嫌いがないってこと？」

「まあ、そうです」

「それもうらやましいけど……」

「冷たいんですよ、本質的に。なにしろ悪魔人間でしたから」

「でも、ムビョウもアララギさんのことは認めているみたいだし、そういう人って滅多にいないよね。だいたいムビョウって、どんな人にでも悪口を言うけど、アララギさんのことを悪く言っているの、聞いたことないし」

「ああ……かも知れませんね」

「信頼されてるんだよね、きっと」

ヒノオは屈託なく言う。彼は知らないが、この話はもっと複雑である。アララギ・レイカが着任する前の、製造人間の警護役はそのことごとくが半年以内に敵対者に殺されるか、逃走するか、自殺するかしていたのだった。それほど過酷なのだ。アララギは目下のところ、三年ほどこの任務に就いていて、これは最長記録だった。

「ムビョウがそんな簡単に人を信じる人だと思いますか？」

「え？　う、うーん……それは、まあ」

「彼はただ、私に関心がないだけですよ。そして私も別に、ムビョウに認められたいとは思ってませんし。仕事ですから、お互いに」

「……あの、怒ってる？」

「いいえ。ああ、ソースが焦げそうですよ。もっとかき回して」

「う、うん」

少年はあわてて鍋の方に注意を戻す。その細い背中を見ながら、アララギは少し心の中でざわつくものを感じていた。

（信頼……信頼か）

その言葉を、彼女は以前にも、子供から言われたことがある。その子供は、このヒノオよりもさらに幼くて、そして……。

（そして――か弱く見えた……触れたら簡単に壊れてしまいそうに、脆く、儚く……しかし……）

言葉にならない。それはずっと変わらない。あの子供のことを、彼女は心の中で整理できたことがない。子供は彼女に向かって、こんなことを言っていた。

〝あなたは世界を信頼しきっているのね。でも、世界の方は別に、あなたのことをなんとも思ってやしないわ。この世に無数にある、ありふれた死にゆくものの一つでしかないのよ〟

その美しい声が、今でも彼女の脳裏で反響している。それは三年前——彼女がまだ攻撃能力を失う前に、調停者として就いた最後の任務でのことだった——。

*

「曇ってるね——なんだか、今にも雨が降ってきそうな天気だね？」

その女の子は屈託のない口調でそう言いながら、軽快な足取りで、がらんとした車道を歩いていく。

「…………」

アララギはその後をついて行きながら、奥歯をずっと、ぎりぎりと噛みしめている。少女のことを睨みつけながら、歩調を合わせて、追っていく。

周囲に人影はない。通行人も、車も通らない。静まり返っていて、少女の声だけがどこまでも響いていく。

「私さあ、前はあんまり雨が好きじゃなかったんだあ――じめじめしているのが、なんかすっごく生々しくて。それでいて急に冷たくなって、あっという間に空気が重たくなって――わかるかな、こういう感じ？」

女の子はぺらぺらと気楽に話しかけてくる。彼女は、見た目はまだ四、五歳といったところで、その割には言葉が妙に大人びている。ませている、というのとも少し違う、それは背伸びをしている感触がまるでない、自然なものだった。

「…………」

「きっと密度のせいね、うん。空気の中に雨の粒が混じってきて、それまで流れていた風のあいだに割り込んできて、押しのけて、そして埋め尽くそうとする――それがうっとうしかったんだわ。濡らせばなんとかなる、って思っているみたいな、そういう偉そうな態度が気に入らなかったんだろうな――今はそうでもないけど」

少女の声はまるで歌っているようで、それは重苦しい曇天の下でもなおも晴れやかに広がっていく。

「だって、どちらにしても同じだもんね。いくら周りの環境が変わろうが、結局は私の気持ちひとつだもんね。雨が降ろうが、季節外れの雪が降ろうが、受け取り方は人それぞれ、考え方次第なのよね、しょせん」

くるくる、と少女は道路の上で舞うように活発に動き回る。車はまったく通らない。他の通行人もいない。立ち並んでいる建物は皆、どこかしらが壊れていて、埃にまみれてくすんでいる。

その町は、アララギが到着したときには既に廃墟となっていた。

戦闘が起きたわけではない。破壊活動があったのでもない。誰かが意図的に壊そうとしたのではない。

しかしそれでも、その町はとうに崩壊していた。

都心部へと人口が流出してしまって、残った人々もそれぞれのコミュニティに引きこもりがちになって、かつては周辺の結索点として機能していたその町に住むものはいなくなっていた。一時期の開発ブームによって地価が上がったときに売り払われた土地は、廃れた後では買い戻す者もなく、所有していた企業が撤退したり、倒産したりしていく中で、いつしか巨大な空洞となっていった。どこかが壊れても、誰も修復せず、何かが破れても、直す必要もなく、たまに近くの車道を通る者たちも、その町の横を素通りするだけで立ち寄ることは滅多になかった。

インフラが停止したわけでもなく、信号も機能しているのだが、それでもそこにはもう〝文明〟の感触がなくなっていた。残骸であり、遺跡のような気配しかなかった。

その中を、女の子は晴れやかな調子で歩いていく。

「ねえ、おねえさん——あなたは何が好き？」

「…………」

「私は歌が好きよ。うん、とっても好き。聴くのも好きだし、歌うのも好き。でも歌って怖いところもあるよね。人が楽しくなるのと同じように、暗い気持ちをかき立てることもできるのよね。笑ったり、泣いたり、みんな歌で心を掻き回されているよね——」

そう言うと、少女はすうっ、と息を吸い込んで、そして歌い出した。

それは奇妙な歌だった。ららら、というフレーズがひたすら反復して歌詞らしい歌詞はなく、寂しげなような、伸びやかなような、喜びを表しているような、悲しみを乗り越えているような、そういう曰く言いがたい響きを持つ歌だった。

もちろんアララギは知らなかったが、それは〝サロメ〟というバレエ音楽を声楽に変換したものだった。それを作曲した伊福部昭という芸術家は、あらゆるものを蹂躙し文明社会を破壊し尽くす怪物を描いた映画音楽で世界中に名が知られている。

その圧倒的な音の広がりに、アララギは何も言えずにただただ気圧されていた。

（……ううう……）

彼女はさっきからずっと、あることを試み続けている。

この目の前の少女──自分の前で楽しげに歌い、舞う可愛らしい存在を、睨みつけて、奥歯を嚙みしめて──なんとかその気持ちを奮い立たせようとしている。

憎もうとしている。

憎悪して、激高して、彼女に対しての敵意をなんとか湧き上がらせようとしている。

しかし──

（……ううう──）

それができない。

彼女を見ていると、自分の中からどんどん攻撃性が奪われていくのがわかる。刺々しい悪意を向けることがとても難しい。

（いや──憎む必要などない！　あの子は──いや、あの怪物は危険な存在だ。だから倒さなくてはならないんだ！　それだけだ！　仕事なんだ、任務なんだ、義務なんだ、必要なんだ──私の気持ちなど、どうでもいいはずだ──）

必死で自分に言い聞かせていると、少女は歌うのをやめて、くるっ、とアララギの方を振り向いて、

「人間って不思議よね——」

と話しかけてきた。

「人間がなにかを思うとき、一生懸命なにかを考えるときって、つまりはトラブルを避けたいとき、効率的に成果を得たいときでしょう。それって結局、もうあれこれ考えなくてもいいようにする、ってことを目指しているのよね？　考えるのは、考えなくてもいいようにするため、って——目的は、手段を無意味にするため、って、なんだか面白いわ。自分で自分の足を食べる蛸、って笑い話みたい。おなかが減っているから自分の身を食べるけど、その先に自分はいなくなっている、って感じかしら」

「……黙れ」

「んん？」

「黙れ！　化け物が！」

「おばけ？　私が？」

「そ、そうだ——世界を滅ぼす、人類の敵だ！　我々の敵だ！　統和機構の敵だ！」

「私がおばけなら、あなたはなんなのかな」

「わ、私は——」

アララギは一瞬言い淀んだが、すぐに、

「私も化け物だ！　貴様のような奴らを倒すために、あえて怪物となったのだ！」

「ふうん……あえて、ねえ」

少女は眼を細めながら、少し意地悪そうに、

「それって、あなたが自分の意思で決めたことなのかしら？」

「う……」

「気がついたらそうなっていて、別にそんなつもりは最初はなかったけど、流されて、続けてきたから、そういうものかなって思っているんじゃないの？」

「だ……だったらどうした！　私はもう、どうせ普通の人間には戻れないんだ！　だったら——」

「えー、それはどうかなあ？　私から見たら、あなたもただの人間にしか見えないんだけど。なんにも変わらないわ、他の人たちと」

「……あ？　何を言っているんだ？」

「統和機構、だっけ？　合成人間、ていうのかな、あなたみたいな人のことを。いやあ、大して変わらないよ、ほんと。世界中にいる他の人たちと、ほとんど同じ——」

「ば、馬鹿を言うな！　わ、私は悪魔人間と呼ばれているんだぞ！　それぐらいに特殊で——」

「いやいや、だからよ——だからただの人間なんだって。そもそも悪魔ってのは、普通の人間の中にしかいないんだから」

少女は不思議なことを言い出した。

「……なんだって？」

「悪魔を必要とするのは、誰だと思う？」

「だ、誰、って——」

「たとえばあなたのことを悪魔みたいだって言う人は、どうしてそんなことを言うんだと思う？」

「え？」

「あなたに圧倒されて、踏みにじられて、そういう人があなたに向かって〝おまえは悪魔だ〟って言うとき、その心の中にあるのはどんな気持ちかしら？」

「そ、それは——」

「あら、もしかしたらそのことを真剣に考えたことがなかったの？　もしかしたら〝こんなことを言われる私は、きっとひどいヤツなんだ〟って思ったりしていたのかな？」

「う……」

「自分を哀れんで、そこで考えるのをやめていたんじゃないのかな。でもちょっと考えてみればわかるよね――悪魔というのは、無力な自分をごまかすために、お仲間にすぎないあなたのことを無駄に怖いものとして区別しているだけだって。あなたは関係ないの。ただその人が自分の弱さを見つめたくないだけ。そう――それが悪魔の正体」

少女は実に楽しそうに、にこにこ微笑みながら言う。

「誰にとっても同じ――人が悪魔という言葉を使うとき、そこには悪魔はいない。いるのはただ、その人の弱さと脆さと限界だけ。そんなことは受け入れらない、という気持ちがあるだけ。他人を悪魔呼ばわりして、攻撃して、そして撃退できたとして、しかしその大元になった弱さの方はぜんぜん消えてない。当然でしょ？　悪魔はその人の中にいるのであって、外にはいないんだから」

「う……」

アララギはここまで、なんとか我慢していたが、とうとう辛抱できずに、

「い……いい加減にしろ！」

と叫んでしまった。

「いつまで弄(もてあそ)んでいるんだ！　さっさとカタを付けたらどうだ！」

「ん？」

少女は可愛らしく、首をかしげた。その無邪気そうな顔に、アララギはますます激高し

て、

「どうして私を殺さないんだ！　やるならひと思いにやってくれ！」

と怒鳴った。悲鳴のはずなのに、それはひどく力強い宣言のように聞こえた。少女は微笑んで、そしてまた、ららら……と歌い始める。

町は静まり返っている。

いくら廃墟のような町でも、それはあまりにも静かすぎる。

彼女たちが歩いている、その道の前方に一台の車が見えてきた。停車している。その中でドライバーがシートベルトを着けたまま、座席に身体を預けている。そして、息をしていない。

周辺は静まり返っている。

珍しくシャッターが開いている店がある。数少ない住人たちが集まる飲食店と配送事業の拠点を兼ねた店舗だ。

表に出ているベンチには缶ビールが飲みかけで置いてある。

その脇で、男が座り込んでいる。首を横に傾けて、眼が半開きになっていて、そして、動かない。息をしていない。

店の奥では三人の老人たちが横たわっている。仰向けになり、うつ伏せになり、倒れ込んでいる。動かない。息をしていない。

町並みはどこまでも静かだ。

外には鳥も飛んでいない。道を這う蟻もいない。草の匂いすらしない。

風が吹く音と、そして少女の歌声ばかりが響いている……。

＊

アララギは、ずっと仲間たちから敬遠されてきた。

彼女の仕事が〝誰の味方もせずに、問題を解決する〟というものだったから、いくら成果を挙げても彼女の味方となってくれる者は増えなかったし、彼女自身も誰かをひいきして便宜を図ってやることもなかった。

トラブルを鎮めるために、両者ともに壊滅させてしまうことも珍しくなかったし、その際には当然、他の者たちから嫌悪されることになる。統和機構の安定のために働くというのはそういうことだった。いくら身を削っても、誰も褒めてくれない。悪魔と罵られ、嫌われるばかりだった。そのことについて彼女は特に何も考えてこなかった。そういうものだ、としか思ってこなかった。

だからこのときの任務も、よくある反乱分子の鎮圧としか思っていなかった。地方都市で調査をしていた部隊から来るはずの定期報告がない、というので向かった部隊もまた連絡を絶った、というのが状況で、これは典型的な事例だった。統和機構のくびきから逃れて自由に行動したい合成人間たちの行動パターンに一致していた。調査しに行った連中は返り討ちに遭ったか、あるいは自分たちも寝返って一緒に逃亡しようと思ったか、いずれにしても、それをまとめて解決することがアララギの仕事だった。

そう——よくあることのはずだった。

だが、その寂れきった地方都市の、その町に足を踏み入れたアララギの前にあったのは、あまりにも奇妙な風景だった。

異様に静かな町並みの中、彼女は連絡を絶った部隊の拠点に足を向けた。それは国道沿いの小さな事務所に偽装されていた。

だが、そこに足を一歩踏み入れた瞬間、アララギは自分がこれまでにない領域に来たことを知った。

チームのメンバーは五名——その全員が、そこで動かなくなっていた。最初は毒ガスかと思った。傷一つなく、抵抗した様子もなく、苦悶の表情すらなく、ただ静止していた。いかなる攻撃を受けたらこんな風になるのか、百を超える不審死を観察してきたアララギでも見当がつかなかった。

外に出て、辺りを探ってみて、しかしアララギはとうとう町の中に生命を発見できなかった。数少ない人家でも、その庭先のペットの犬も、インコも、すべてが動いていなかった。

そして、やがて彼女は先んじて調査に出ていた部隊を発見した。公園という名目の、開発が途中で止まっている開けた土地に、彼らは倒れていた。

そして――その前に一人の少女がいた。

彼女は歌っていた。

ららら、と透き通った声を発しながら、少女はアララギの方を振り向いて、

「やっ――」

と呼びかけてきた。そのときにはもう、アララギは攻撃していた。誤射を恐れたり、間違いかも知れない、などとはまったく考えなかった。容赦なく、この町の中で唯一、生きて動いていた存在めがけて、その能力〈ソーサラー〉を放っていた。

それは彼女の、戦闘用合成人間としても桁外れの肉体の頑強さなくしては成立させられない、生体波動を用いて衝撃波を発射する一般の合成人間の能力を、さらに極端にしたもので――威力を喩えるのに〝ミサイル〟という表現が用いられるほどだ。威力がありすぎて、全力で出したことなどほとんどなかったそれを、彼女はこのとき、一切のリミッター

を廃して最大出力で放出していた。

人体相手に使うものではない、直撃どころか、至近弾でも粉々に砕け散る——はずだった。

だがこのとき、あり得ないことが起きた。

吹いていた風量、温度の変化などが組み合わさって、アラギが攻撃したその瞬間——そこに歪みが生じていた。陽炎（かげろう）にさえならないほどの、地面から立ち上る気流が、衝撃波をねじ曲げた。

少女は、その場から一歩も動かなかった。攻撃はその横を通過していって、そして遥か彼方で炸裂した。雑木林が弾けて飛散する。しかしそこから鳥が飛び立ったりはしない。

「ふふっ——」

少女は微笑んだ。

「おねえさん——少し力みすぎてるみたいね。というか——あれね」

少女が喋っている間に、アラギはもう一撃を放っていた。

だが、それもまた外れた。今度は連続しての攻撃で周囲の気圧が乱れていたせいだった。

かまわずに、さらに攻撃する。さらに、さらに、さらに——もう周囲はもうもうと立ちこめる爆煙で視界がほとんどない。しかしかまわない。全部の空間を衝撃で埋め尽くしてしまえば、どうせそれに巻き込まれる――そのつもりだった。

だが、七撃めのところでアララギに異変が生じた。

身体に負担を掛けすぎる攻撃で、身体じゅうに激痛が走った。

「ぐっ――」

思わず呻いて、膝を地面についた。するとそこで、

「実は、向いていないのかもね――人を撃つことに」

という少女の声が聞こえてきた。ぎょっ、となって顔を上げた。

爆煙が晴れてきて、そしてその中から、全く無傷の少女が現れた。

「う、うわわっ！」

アララギはあわてて攻撃しようとしたが、激痛が肩から背中、腰へと抜けていって、身体を制御できなかった。

限界――今、アララギははじめてそれを知った。自分の攻撃に回数限界があったのか、連続で使えるのは六回までだったということを、ここで自覚した。

「うう――」

「ああ、そうだったのか、みたいな顔してるね。でも気にすることはないわ。みんなそうだから――可能性がどこで潰えるか、誰にもわからないのだから」

少女はしみじみ、という調子でうなずいてみせた。

「ううう……」

アララギにはわかっている――今、彼女は何もしていない。何か特別なパワーを使って、彼女の攻撃をはじき返していた訳ではない。ただ、知っていただけだ。

自分には、アララギの攻撃が届かないだろう、ということを。

「な、なんで――」

彼女が思わず呻いたところで、少女は、

「そんなに気にすることないよ。世界にある可能性の中で、実現するものはほとんどないんだから。しかも、持っている可能性と感性が一致するのも珍しいし。たいてい、自分の持っている可能性を人は疎んじて、それをそのまま腐らせてしまうものだから。それがいいとか悪いとか、そういうんじゃなくて、ただ、そういうものなのよ」

と優しい口調で話しかけながら、こちらに近寄ってきた。

アララギは地面を蹴って、少女に摑みかかった。

その小さくて、細い首筋を握りしめて、そしてへし折ってしまおうとする――しかし、

「ううっ――」

なぜかわからない――わからないが、しかし力を込めようとすると、腕から力が抜けてしまう。別に反撥する力を感じるわけではないし、少女が急所を外させている訳でもない。ただ、その気になれないのだった。

気持ちが、そっちにどうしても向かない――少女を殺そうと思えない。

「ううう――」

ぶるぶるぶる、と大きく震えだして、そしてとうとうその手を離してしまう。

「ふふっ――やっぱり」

少女はずっと、穏やかな微笑みを崩さないままだ。

「おねえさん、人を殺すのに向いていないんだよ。その可能性が薄いのよ。気持ちが乗らないんだよね。こんなはずじゃないのにな、っていつも思ってたんだね」

「…………」

「ねえ、ちょっと歩こうか。このへん、すっかり埃っぽくなっちゃったから――私、散歩ってけっこう好きなの。ブラブラ歩いていると、それだけでわくわくしてくるような気持ちって、おねえさん、わかるかなあ」

そう言うと、彼女はスキップするような身軽さで、他に動く者がいない町を歩き始めた。どうしようもなく、アラテギもその後をふらふらとついて行ってしまう。

（こ、これか――これだったのか――）

アララギは思い知っていた。今まで自分たちがやってきたことのむなしさ、血みどろの努力だと思っていたことが、ただの気休めに過ぎなかったことを。

これまで、彼女は統和機構を守ってきたつもりだった。それはすなわち、人類を危険な存在から守るための基盤を維持することで、システムを安定させることがすなわち、価値があって正しいことだと信じていた。

（いや――信じようとしていたんだ。信じるに足る根拠など、私はまったく持っていなかったのに――そう、直に会ったこともなかったのに――）

統和機構の目的は、進化しすぎた危険な突然変異を事前に排除することで、現在の人類を守護することである。そのために、それに近い存在として製造人間によって作られる合成人間を生産して、備えている――そのはずである。

何の意味もない。

合成人間など、なんの役にも立たない。常人を超えた能力を持つ怪人たちによる軍団など、毛ほどの力もない。

統和機構のトップ連中は、ただのおめでたい馬鹿だ。

ほんものを前にしたら、そんな小賢しい計算など消し飛んでしまう。

（こ、これが——これがそうなのか……）

統和機構が世界の敵として設定して、敵対存在として消し去ろうとしているＭＰＬＳ……その権化、あるいは完成したものが、アララギの前を今、無邪気に歩いているのだった。

少女の姿をして、軽やかに笑いながら、歌いながら、誰も傷つけることができず、いとも容易く人類を滅ぼすことができる〝天敵〟が。

＊

可能性——少女はそう言った。

彼女には、他の者には感知できないものが感じとれるのだろう。それは世界に満ちている、様々な可能性なのだろう。

彼女は、それを自由にできるのだろうか。それともそこにはやはり限界があって、どこかにつけいる隙があるのだろうか？

いくら攻撃しても〝届かない〟現象は、彼女を害する可能性が世界から消されているのだろうか。そんなことが可能なのだろうか。だとしたら、彼女にできないことなど何もない。他人が持っている可能性をすべて奪うことだってできるだろうし、敵の可能性を根こそぎ奪ってしまえば、そいつはもう〝生きる〟可能性が閉ざされて、そして動かなくなってしまうのだろう。

それなのに——どうして、

「どうして私を殺さないんだ——」

アララギは、弱々しい声でさっきの言葉を繰り返した。

廃墟となっている町の中をふらふらと彷徨(さまよ)って、彼女はすっかり消耗しきっていた。一刻も早く、楽になりたかった。たった一人で世界を相手にできる存在と対峙する、こんな重荷はもう背負っていられない。限界だった。

少女は、そんなアララギの方を見て、そして足を停めて、首を少し横に傾けて、

「どうして、殺されると思うの？」

と逆に訊いてきた。

「いや、だって——私は」

「統和機構のメンバーだから？」

「……そうだ」

「おねえさんは、今、ここでは死なないよ」

少女は唐突に、そう断言した。

「ここに、おねえさんの〝死〟はないから。絶対に死なない」

「え？」

「この世に絶対はないというけれど、でも、ここでお姉さんの生命が終わることだけは、確実に、決定的に、絶対にあり得ない。私は、おねえさんの〝死〟じゃないから」

「な、なんのこと……？」

「おねえさんの〝死〟は、まだまだ先のことになるわ。いずれ、おねえさんは未来を信じながら死ぬことになる。そしてその頃には、もう私は関係ない」

「わ、わかるの？　それって予知能力、とか……」

「私には〝死〟が視える。でも実は、それって他のみんなだって、ほんとはわかってることなんだけどね――」

少女はそう言いながら、くるくる、とその場で回った。子供っぽい動作と、言葉の奇妙さが嚙み合っていないようで、しかし彼女はそれがとても自然に調和している。

「みんな知ってる――自分がいつか死ぬことを。気にしていないとか、忘れているとか、色々とごまかしてるけど、でも実は、いつだってみんな〝どうせ死ぬんだよな〟と心の中で思ってて、可能性を投げ出してもいいって、そう割り切ってる――そう、今のおねえさんみたいに、ね」

「え――」

「死ねば楽になる、って思ってたでしょ。殺してくれないかなあ、って期待したでしょ。でも残念、そうそううまくはいかないの」

「わ、私は――」

「おねえさん、私を殺したかった？」

「そ、それは――」

「任務とか仕事とか、そういうことを抜きにしても、どうしても私を殺したい？　今でも？」

「…………」

言われて、アララギは怯む気持ちを抑えられない。この少女が、自分のことを殺さないというのなら、それでも少女のことを殺すことに気力を振り絞れるだろうか？

（い、いや……しかし、それでもこの子が、この町の人間たちを皆殺しにして、統和機構の調査員たちも倒したことは、これは間違いないことで……それを許していいのか、といえば――）

と、彼女がそこまで考えたところで、ふいに背後から、

「そろそろ、君も迷いだしている頃だろうね」

という声がした。男の低い声だった。

びくっ、として振り返ると、そこには大勢の人々が、いつのまにか立っていた。その顔には見覚えがあった。

いや――遠い記憶ではない。ついさっきから、今の今までずっと見続けていた顔ばかりだった。

町の中で、動かなくなっていた人々が、路上に倒れたり、ベンチにうずくまっていたり、車の中でハンドルに突っ伏していたりしていた人々が――にこにこしながら、アララギのことを見つめている。

「な――」

アララギは、思わず腰を抜かしてしまって、地面にへたり込んでしまった。しかし人々は、そんな彼女を見ても平然としたまま、

「うんうん、わかっているよ。君のその迷い――みんな、同じことを経験しているのだから」

「大丈夫、問題ないのよ」

「そう、なにも恐れることはないんだ。我々は皆、同じなのだから」

「アララギ、君にもわかるだろう。我々の可能性など、このお方に比べたら実にちっぽけなものだということが」

「統和機構などに従っていても、ただ潰える未来しかないのだということを、実感しただろう」

「お、おまえら……」

アララギは震えながら、目の前の人々の中に、最初の事務所で目撃した顔ぶれだけでなく、彼女に先行して調査に入った者たちがいるのに、さすがに驚愕と戦慄を禁じ得なかった。少女を攻撃したときに、彼らはその場に倒れていて、そこを無差別に砲撃したのだから、本来なら彼らは粉々になっているはずだ。それが無傷で、服さえ破れていないというのは——

（私は、全開で攻撃したつもりだった……だがそれは錯覚だった。私は、空回りするように、やたらと力むだけでほとんど威力のない攻撃をして、我が身を消耗させていただけだったんだ……）

すべては〝気のせい〟——彼女がそう思い込んでいただけだったのだ。そしてこいつらもそう——死んだような気になっていたから、死体同然の姿で転がっていても無理はなかったのだ。

心の中で起こっていることは、現実とは言えないが、それを認識している者にとっては現実よりも大きい——強い。

　だとしたら、他の者の心の中で起きていることを、別の者にも伝えることができるならば、それらのイマジネーションを一つのものとして統合できるならば、それに逆らうことは、人が心を持っている以上、誰にもできない。

「わ、私は――おびき出されたのか……罠だったのか、すべて……」

アララギが呻くと、大勢の人々はいっせいに首を横に振った。

「いや……そうではない」

「我々が何かしたわけではない」

「君だ。君自身がここに導かれてきたのだ」

「君の中にある可能性が、今、ここで、このお方に出逢うようになっていたのだ」

「な……」

　アララギが圧倒されていると、ふうう、というため息が後ろから聞こえた。可愛らしく、わざとらしい響きの吐息だった。

「もうその辺にしといたら？　あと、いい加減にその〝お方〟って呼び方はやめてよ。嫌いだって言ってるでしょ。なんか馬鹿にされてるみたいだって」

　少女の、唇を尖らせての子供っぽい抗議に、人々はみな穏やかに微笑んで、

「ごめんごめん……つい使ってしまうんだ」

「別に透子ちゃんを馬鹿にしてるわけじゃないんだ。これからは気をつけるよ」

「ほんとにもう。みんな好き勝手なのよね……ごめんなさい、おねえさん。ちょっと私が意地悪しただけだったのよ」

少女がぺこっ、と頭を下げてきたので、アララギはますます混乱した。

「な、なな……」

「お話ししてみたかったの、おねえさんと。悪魔人間とか言われてるような人が、どんな風に世界を捉えているのか、ちょっと興味があったから——」

「わ、私は……」

「ほらほら、みんなはもう帰って。おねえさんが怖がってるじゃない」

「ははは。わかったわかった」

「アララギさん。我々は君に敵意はないし、その必要もない。わかるだろう？」

「もう我々は仲間だ。いつでもなんでも言ってくれ」

口々にそう言いながら、いつのまにか集まっていた人々は散っていった。それは見事な消え方だった。町はまた、廃墟のように空っぽになった。

＊

「あ、あなたは……なにが目的なの？」

アララギの問いに、少女は少し困ったような顔をして、

「そうなの、それが問題なの」

と言った。

「私って、何をしたらいいのかしら。おねえさんにはわかる？」

「え？」

「私にも、みんなと同じように可能性がある。それはわかってるの。でもそれって、どれほどの意味があるのか、私にもわからないの」

二人はまた、静まり返った町の中をぶらぶらと歩きながら、話している。

「そんなこと言われても……私は」

「おねえさんは何が好き？」

「え？」

「人間は、好き嫌いがあるよね。それってつまるところ、可能性を決めたいって気持ちなんじゃないかって思うのよ。好きなことをしたいし、嫌いなことはしたくない。そこで可能性を選んでいる」

「それは……そうかも知れないけど……」

「そんな風に、好きなことばかりを選んではいられない、かしら？」

「うぅん。そうよ。私は……そもそも自分が何が好きで何が嫌いなのかも、よくわからないし」

「好きな食べ物とかはないの？　ピーマンが嫌いとか」

「そもそも食べ物のおいしさがわからないから、これはマズいって気持ちもわからないの」

「だったら可能性の選びようがないね。目の前に来たものをただ掴むだけ？」

「そんな感じ——そもそも合成人間になる前のことは、もうほとんど思い出せないし、なってからもぼんやりと生きてきたような気がするし」

アララギは苦笑した。

「私には結局、なんの可能性もなかったんだと思う。悪魔人間なんて言われて、自分が強いって思い込んでいただけ」

そう言うと、少女は首を横に振って、

「それは違うよ」

と断言した。

「というより、無理。あり得ない、その考え方は」

「え？」

「可能性がないということは、不可能よ。どんなことでも、どんなものにも、可能性というものはある。それをなくすことは、誰にもできない」

「あの……？」

「もしかしておねえさん、可能性をただただ素晴らしいものだって思ってる？　世の中を良くしてくれて、みんなの選択肢を増やしてくれるものだって。そうじゃないわ。可能性という言葉を、別の言葉で置き換えるとしたら、そうね……きっと〝呪い〟っていうのが一番ぴったりくると思う」

少女は淡々とした口調であり、そこに不自然な誇張や力みはない。

「呪い……？」

「そう、可能性というのは、未来を縛ること。それ以外の道を塞ぐこと。できることとできないことを区別して、その道以外のものたちを虐殺すること。可能性が一つあるとき、その周囲には無数の〝死〟が転がっている。私にはそれが視えるから、そのことはよく知っているの」

「………」

「そして、可能性は捨てることができない。自分ではそれを自由にはできない。呪いとして、人の人生に絡みついてきて、取ることができない。本人はどうしようもない。何かができるかも知れない、と誰かが思ったとき、その気持ちを捨てることは決してできない。捨てたんだって無理矢理に思い込もうとするだけで、そこには歪みが残っていき、それが世界に溜まっていく——それで争い、傷つけあい、騙しあっていく——でも、みんなが騙しているのは、実は自分自身なのよ」

「…………」

「みんな可能性を持て余している。だからあれをしちゃいけない、これをしちゃいけないって一生懸命、法律とかルールとか常識とか使って、なんとか制御しようとしているけど……成功したことはない。ぜんぶ可能性の前に、以前の壁は壊されていく。誰にもそれを止めることはできない。この呪いを解くことだけは、きっと誰にもできないのよ。それこそ——」

少女はそこまで言って、そして口をつぐんだ。アララギには、彼女が何を言おうとしたのか、理解していた。

そう——たとえ人間が世界から絶滅しても、そのときには別の可能性が、さらに続いていくだけなのだろう、と——それが、

(それがこの子の〝可能性〟——)

彼女がやれることをやったら、もはや世界はこれまでとは同じものではいられない。何もかもが変わってしまい、これまで人間が築き上げてきた壁という壁はすべて薙ぎ払われて、倒壊して、跡形もなくなるだろう——それは世にも恐ろしいことのはずだったが、しかしアララギは、このとき——

（……見たい……）

という気持ちが心の底から湧き上がってくるのを感じていた。

（この子の未来を見たい……そこについていきたい……）

それはあまりにも圧倒的で、抗うことのできない感覚だった。

（この子の……いや、このお方の……私がそれに加われないとしても、その一部になれないとしても……それに関われたら……私は……ああ）

彼女がそう思ったときだった。

少女が、じっ、と自分を見つめていることに、アララギは気づいた。それまでの少女の眼差しとは、あきらかに異質な光がその眼にはあった。

冷たかった。

ひどく遠くから、突き放したように、見捨てるように冷ややかで、そして容赦のない色がその眼に浮かんでいて、アララギは一瞬で陶酔から醒めた。

「ねえ、おねえさん——可能性の中でもっとも、くだらないものはなんだと思う？」

「え、えと——」

「それはね、自分のものではない、他の誰かから可能性をそのまま盗むことなのよ。いくらそれが価値があるように見えても、できると思っても、しょせんは盗んだもの——自分のものではない可能性に心をゆだねるとき、人はたやすく、悪魔以下のおぞましい何かになってしまうのよ——決めるのは自分、そのことを忘れて、安易に他人の可能性に頼って考えるのをやめるとき、人間はきっと、世界に対して背を向けている——その未来を放棄してしまっているのよ」

その声にも、今までのような、歌うような優美さが消えている。なにかが剝き出しになっていた。少女の中にある本質が、その途方もなく鋭くて触れることすらできない孤高の頂点の、その刃の切っ先が、アララギの喉元にかすかに触れていた。

あまりにも鋭利で、アララギは震えることも、怯えることすらできなかった。観念、という表現でも生ぬるいほどに、即座に応じるしかなかった。

「わかった——気をつけるわ」

「そう、それでいい——」

「あ……」

少女は視線を外し、そしてまた振り返って、にっこりと微笑んだ。もう元に戻っていた。

「おねえさんには、まだまだ未来があるんだから、好きなことだってきっと見つかるよ」

「そ、そうかな——でも、私はもう、能力もなくなったし……」

「そうかな？」

「え？」

「完全になくなったのかな、それ。おねえさんは、もしかするとまだ、力を残しているのかも知れないよ？」

「そ、それってどういう……」

　アララギは訊こうとしたが、そのときにはもう、少女は彼女に背を向けて、そして歌いながら歩いて行ってしまった。その後を追いかけようとして、しかし……アララギはついていくことができなかった。足が停まっていた。一歩前に出る気持ちが、どうしても湧いてこなかった。その気になれなかった。

　その気持ちが自分のものなのか、それとも別のところから来ているのか、それを判別することは彼女にはできなかった。

　……アララギは結局、統和機構には連絡を絶った者たちと交戦して、これを殲滅したと報告した。実際に砲撃跡が現場に残されており、そして彼女がその戦闘の際に能力限界を超えてしまうほどの肉体損傷を受けていることから、その報告はそのまま受け入れられた。戦闘能力を失ったアララギは、これまでのような始末屋としての仕事は無理だとされて、警護役としての任務が主となった。

そしてその手堅さから一時的にということで担当したはずの製造人間ウトセラ・ムビョウの警護を、いつのまにか継続して担当することになっていた。

統和機構にとっての〝急所〟であるウトセラの身の安全をアララギに委ねていることが、どういう意味を持っているのか……それを知っている者は今、彼女自身以外にはいない。

＊

……そして現在、彼女はウトセラの家で、コノハ・ヒノオ相手に料理を教えている。

（確かに……ずいぶんと普通の人間みたいなことをするようになった――）

彼女は心の中で苦笑する。今の彼女を悪魔人間と呼ぶ者はいない。あの勇ましい過去は永遠に過去のものとなり、誰もそのことを蒸し返したりはしない。なにより彼女自身が、そのことをなんとも思っていない。かつての記憶は既にかすんでいて、消えていったその性格、人生のことを彼女はもはや悼まない。

あのとき――彼女が実際には倒さなかった連中は、今どうしているだろうか。彼らが姿を現して真実を報告すれば、当然、アララギの現在の立場は崩壊することになるが、しかし彼女はそれさえもどうでもいいと思っているし、何より彼ら自身が、もはや統和機構など些細なものだという姿勢で、身を隠して生きていることは、誰よりも彼女が知っている。

（今は――まだ）

そう――その日はいつか必ず来る。そのときに世界はどのように変わるのか。それはあの少女が、ついに自分の〝したいこと〟を見つけたときで――それを彼女たちはいつまでも待っているのだった。もしかしたら呼んでくれるかも知れない、という期待を胸に秘めながら。

（私は――）

彼女がすこし遠い目をしていると、

「ねえねえアララギさん――ソースを混ぜるのは、もうこのくらいでいいかなあ？」

とヒノオが鍋と悪戦苦闘しながら訊いてきた。

はっ、と我に返って、アララギは少年に、

「え、ええ――そうね。もういいでしょうね。ああ、オーブンで焼く前に、ちょっと味見をしてみましょうか」

と言って、彼が中身を必死で掻き回していたソース鍋にスプーンを差し込んで、一匙すくって口の中に入れた。そして、

「────」

と固まった。

「ど、どうかな?」

少年が訊いてくる。彼女はゆっくりと彼に顔を向けて、

「……なにか、入れましたね」

と言った。彼は嬉しそうにうなずいて、

「あっ、わかったかな? いや前にポテトチップをグラタンの上に散らしたらいい感じになったから、今度は中にエビせんべいを砕いて入れてみたんだ。見たことないメーカーのヤツだったけど、でも値段は高かったから、きっと高級品だと思うんだよね──」

と言いながら、彼も自分で味見をしてみる。すると、

「うわっ! な、なんだこれ!」

彼は叫んで、ぺっぺっ、と流しに吐き出した。

「な、なんでこんなに生臭いんだ? す、すっごくまずい!」

彼は半泣きになって、アララギの方をおそるおそる見た。彼女も彼のことを見つめ返す。

「………」

　無言である。少年はさらに泣きそうになり、

「あ、あの……」

　と訊いてくる。しかしアララギには、すぐに反応することができない。

（そうか……これが）

　彼女は納得していた。とうとうそれがわかった。

（私は、これがまずいって思う……この味が嫌いだ……そうか、これか……これが好き嫌いってことか——道を選ぶための、その第一歩——）

　彼女はいつのまにか、口元に笑みを浮かべていた。そして気づいたときには、大口をあけて、腹の底から声を出して、笑っていた。

「はははははははは！　まずい！　すっごくまずい、これ！　あはははははははは！」

　その彼女の勢いに、最初は呆然としていたヒノオも、だんだんと顔を緩めてきて、

「そうだね、まずいねこれ！　あははははは！」

　と一緒になって笑い出した。

　壁は壊れる。

　そのことを止めることは、誰にもできない。

可能性は呪いのようなもの——それがいつどこで、誰によって始まるのか、知っている者はいない。

二人が大笑いしていると、リビングルームからウトセラが顔を出してきて、

「うるさいよ、二人とも——君らは、ほんとに仲が良いね」

と嫌味っぽく言ってきた。

VS Imaginator Part VI "The Satanic Majesty" closed.

憎悪人間は肯定しない
No-Man Like Yes-Man act 3.

（あの、コノハ・ヒノオくんは少し、昔の私に似ていたな——だが、彼の方が私などより、さらに過酷な運命を背負っているのだろう……）

潜伏中のカーボンは、ウトセラ・ムビョウに会いに行く前に少しだけ会話を交わした少年のことを考えていた。

（彼もきっと、子供の頃の私と同じように、自分には何の未来もないと感じているのだろう……私には実際に、あらゆる可能性が絶たれていたわけだが、彼はどうなのだろうか……自分の未来を見出すことができるのだろうか）

それとも、何の未来も考慮しない、というような刹那的な人間になっていくのだろうか。

それはそれで過酷な道であり、様々な人間に会ってきたカーボンでさえ、それを実践して、成功している者には一度しか会ったことがない。しかもその人物は〝自分〟というものを誰にも見せないという異常な生活を事実上、物心ついたときからずっと続けていた。

「ああ、もちろんこの顔は偽装ですよ。いいでしょう？　別にあなたに素顔を見せろという指示もないし」

面会したとき、その特徴のない人物はそう言った。中性的な顔立ちで、男か女かさえ判別できないような年齢不詳の容貌だった。

「ええと、パールさん……でしたね」

カーボンがおそるおそる話しかけると、その個性を極端に消した顔の人物は、

「しかし、不公平ですよね。このカウンセリングの義務ってやつは。こっちが相談したいときには応じてくれず、いきなり日時を指定されて、断ることもできないんだから。なんとかならないんですか？」

とぼやいてきた。その眼差しを見て、カーボンは相手がこちらの反応を注意深くうかがっていることに気づいた。

（鑑定されているのは私の方かもな……）

そういう感触があった。すると相手は、む、と眼を細めて、

「ああ――通用しないか。じゃあ馬鹿の真似はやめよう」

と言って、椅子に深々と腰を下ろした。そして黙る。カーボンは苦笑して、

「それほど警戒されなくても大丈夫ですよ。私は形式的に、あなた方の様子を調べているだけなので」

と言うと、相手はにやりと笑って、

「嫌ですね。警戒は解きません」

と挑発的に言ってきた。カーボンはこれにうなずいて、

「ええ。それでもかまいません」

と言うと、相手は眉をひそめて、

「なんだかなあ――あんた、どうにも手応えがないですね。なんだろうな、それは」

と奇妙なことを言ってきた。

「私が、ですか」

「そう、あんた。あんたって結局なんなんですかね」

「そう言われても困りますが」

「こっちを騙そうとしているのか、それとも助けようとしているのか、どうにでも取れそうで、しかし――」

「何が不満なんですか。私がお気に召さないようですが」

「いや――正直、もっと動揺するかと思ってた。なんか肩すかし食らった気分」

「は？」

「憎悪人間の噂はあれこれ聞いていたからね――きっとこっちがすっかり調子に乗るような、油断させるのが凄くうまいヤツなんだろうって思っていたのに――なんか、大したことない感じ」

素直なのか、それともこれも挑発なのか、かなり明け透けなことを言う。口調もすっかりくだけたものになっている。

「あなたは面白い人ですね」

「こっちは楽しくないな。なんか期待外れで、がっかりしてる」

「私に何を期待していたんですか？」

そう聞くと、相手はなぜか不思議そうな顔になって、

「――確かに。なんで私は、あんたなんかに期待してたんだろう……？」

と首をひねった。カーボンは思わず、ぷっ、と吹き出してしまった。

「あなたは怖いもの知らずですね。大抵の人は、私と会うときはもっと慎重なものですが」

「怖い？」

言われて、相手は変な顔になった。

「ああ——そうか、怖がるべきだったのか。なんかそんな気になれなかったんだよな……なんか、もう知ってる、みたいな気がして」

「私のことは噂でご存じだったんでしょう？」

「いや、そういうんじゃなくて……ええと、なんだろう——あんたに今、何言っても、どうせ後では——後で？」

言いながら、その顔がますます変な感じに歪んでいく。

「なんで後のことなんか考えているんだろう、私——これもあんたの、他人の憎悪を引き出すって能力のせい？」

「そう言われてもわかりませんよ。ただ、だとしたらあなたは未来を憎んでいるのかも知れませんね」

「そういう知った風な口をきかれると、あんたが憎たらしくなるけどね——」

「ははは。困りましたね」

カーボンはにこにこしながら、相手の毒舌を聞いていた。めったにないことだったが、彼はこのパールという合成人間に好感を抱いていた。彼が観察任務を請け負った相手で、もう少し話をしたかったな、と思ったのはこの素顔も性別も定かでない人物だけだった。

変身人間は裏切らない

“The Transformer”

『人は己に似ている者を憎み、そして求める。その複雑さは死に向かって生き続ける人生の矛盾と重なっている』

——霧間誠一〈鏡の奥には何もない〉

コノハ・ヒノオは、統和機構の研究対象として過ごした幼少期の頃、ほとんど人と会話らしい会話をしてこなかったので、ウトセラ・ムビョウに引き取られて普通の生活に近い環境になった今でも、普通の子供が経験しているようなことに触れたことがない、という例が多い。本で読んだりしたことはあっても、実感としては知らない。

特に、他人とのコミュニケーションの機微、人と人との些細なズレによるすれ違いの気まずさ、みたいなことは正直よくわからない。

だから、知り合いのような、そうでないような、微妙な人とばったり出くわしたときに、果たして挨拶をすべきかどうか迷う、という経験もしたことがなかった。だからそのときが、そのモヤモヤの初体験だった。

しかしそれは、普通の人間が遭遇するようなそれとは、かなり異質の、奇妙なものとなった。

（…………え？）

それは早朝のことだった。夜が明けてからさほど時間が経っておらず、通りを行く者はほとんどいない時間帯である。ヒノオは毎日の日課で、飼っている犬のモロボを連れて散歩をするのが常だった。

（……えーと……？）

最近のヒノオには、周囲を見回す癖がある。

以前に出逢った不思議な老人の姿を、気がついたら探してしまっている。ボンさん、あるいはカーボンと呼ばれていたその人物はどうやら統和機構に追われているらしく、ヒノオとの邂逅はただの偶然らしかったので、もう二度と会うことはないのだろうが……それでも、期待している自分がいる。色々な人や動物とすぐに打ち解けられるあの老人は、ヒノオにとって初めての憧れの対象であり、もう一度だけでも話をしたいなと思っているのだった。

そして……今、そのカーボンらしき姿が、散歩のコース上の歩道に、さりげなく立っているのだが、しかし——

（……う、ううん……？）

しかし、そこには違和感があった。彼は犬の方を見た。しかし犬は、いつもの無愛想な態度を崩さず、その人影にも何の反応もせずに、普段のルートを辿っていこうとする。

そして老人の方も、彼らの方を見向きもしない。向こうから何か言ってくれば、それに反応できるのだが――。

（……え、えーと……？）

彼はちら、とその人影の前を通り過ぎるときに、横目で見る。確かに――同じ顔だった。あの老人と――だが、

（い、いや――でも、なんか……モロボも無視しているし……）

そう、以前のときは、犬は自分から老人の元へと駆け寄っていったのだが、今は他の人々に対して取るような素っ気ない態度を崩そうとしない。それに何より、ヒノオ自身が、

（なんか違うんだけど、でも……何が違うんだろう……）

そしてそのまま何事もなく、彼らは交錯して、そして離れていく。これも挨拶しかねた曖昧な知り合い同士の間でよく起きることではあった。だがそこで、これは滅多に起きないことが生じた。

ヒノオが離れていこうとしたところで、

「おい――」

と背後から声を掛けられたのだった。せっかく収まりかけた緊張が無駄にぶり返される、日常的には避けたいはずの事態だった。

そしてその声も、ヒノオが知っているそれと同じような、そうでないような、なんとも微妙な感じの声だった。

仕方なく、ヒノオはおそるおそる振り向いた。老人がこっちに向かって歩み寄ってくる。

そして、老人はそこで、

「おい、君――もしかして、私を知っているのか？」

と、かなり身も蓋もないことを、いきなり訊いてきた。

「ええと――」

ヒノオは反応に困ったが、少し首を傾けて、

「もしかして、双子とか――ですか？」

と言ってみた。すると老人は顔をしかめて、

「おいおい、なんで別人だとわかったんだ？」

と、これも唐突に核心をつく、告白と詰問（きつもん）を兼ねる言葉を口にした。遠慮とか逡巡とか慎重さといったものに欠ける、かなりせっかちな相手のようだった。

「いや――だって」

言いよどむヒノオに、そいつはさらに、

「私は君のことを忘れてしまっただけかも知れない。なんですぐに、絶対に別人だろうな、って察したんだ？」

と詰め寄ってきた。

「うーん……なんとなく」

「なんとなくう？　おいおい、マジかよ……もしかして、その犬も？」

「う、うん……たぶん」

「うおっ、なんてこった……自信なくすな、まったく……」

「あのう、あなたもその、統和機構の？」

ヒノオが訊いてみると、老人の顔をしたそいつは眼を剥いて、

「な、なんだって？　今、なんつったおまえ？」

と怯えの表情を見せた。ああ、とヒノオは納得した。

「やっぱりそうなんだ。ボンさんを探している人なんですね。そっくりに変装して……前に会った人を見つけようとしているんだ」

相手がずけずけと言ってくるのに釣られて、ヒノオの方もかなり明け透けに言っていた。

「う、ううう……なんだおまえは？　なんでそんなに詳しいんだ？」

「でも、僕は確かに前にボンさんと会ったけれど、一度だけで、それからはどこに行ったかも知らないよ。フォルテッシモって人が来たから、もうこの辺には近寄らないと思うし」

ヒノオがさらりと言った名前に、そいつは激しく反応した。

「げ、げえっ――フォルテッシモ？　お、おまえ――あいつとも知り合いなのか？　あの〝最強〟と？」

「知り合いっていうか――向こうから一方的にからまれただけだけど」

「ううう……なんてこった……そうか、それで私は、この辺りに派遣されてきたのか……フォルテッシモに見落としがなかったか、それを調べるために――ううう、冗談じゃないぞ……こんなこと、あいつに知られたら……」

なんだかやたらに焦っている。その様子には、あの落ち着いていた本物のカーボン老人の面影はまるでない。

犬が歩き出して、リード紐が引っ張られたので、ヒノオはちょっと迷ったが、結局、

「――あの、それじゃ」

と気のない会釈をして、その場から離れていった。これもまた、大して接点のない人と

出くわして、多少の会話をした後の別れ際がなんだかモヤつく、ということの初体験だったが、ヒノオはそのことに特に感慨を持つことは当然、まったくなかった。

＊

そして翌日、また犬の散歩に出かけていたヒノオの前に、ふたたび怪しげな人物が現れた。

「………………」

さすがに今度は、思わず眼を合わせていた。そして、ふうっ、とため息をついた。

「おいおい、反応が悪いな」

そいつは不満そうに言ってきたが、ヒノオとしては反応に困ったので、無言だった。

「せっかく腕前を見せたのに——もう少し驚いてくれてもいいだろう」

そういう相手の、その顔も、声も、身長もヒノオにとっては馴染み深いものであると同時に、自分では一度も直視したことのない代物だった。

コノハ・ヒノオの姿とそっくりの顔かたちをした人物が、目の前に立っているのだった。

「うーん、でも……自分そっくりと言っても、いつもそんなに鏡とか見てないから……」

ヒノオがやや投げやり気味に言うと、そいつは、はあっ、と大きく息を吐いて、

「あーっ、ホントにやりがいのない相手だね、おまえは。とっておきの変身だってのに──その犬も、なんで吠えないんだよ？　ご主人様がいきなり二人になったら、ちょっとパニックを起こしても良さそうなものだろうが」

「いや、犬ってあんまり目が良くないらしいから。匂いとか声とかで判断してるらしいから」

「そんな冷静な分析はいらないんだよ。まったく張り合いがないなあ──」

「だって、昨日も会ったし」

「完全に別の姿になってるだろ？　それに驚かないのか？」

「ええと──そうだね、驚いたよ。でも」

「ああ、そうか──そうだよな。おまえはきっと、他にももっととんでもない連中と何度も出くわしているんだろうな。私程度じゃそんなに珍しくもないか」

ヒノオの顔をしたそいつは、しみじみと嘆息した。それを見て、ヒノオは、

「ああ──そうすればいいのか」

と奇妙なことを言った。

「え？　なんだって？」

「いや……僕はずっと、困ったとき、どういう顔をすればいいのかわからなかったんだけ

ど……そういう顔をすればいいのかな、って、今——そう思って」

「はあ——そうかい。自分と同じ顔をしたヤツを前にして、思うことってそんなことなのか。いや予想外だったな」

「ええと、変装さん？　それで、なんか用ですか？」

「変装さん、ってなあ——身長まで変えてんだぜ。せめて変身と言ってくれ。そして私には、パールっていうコードネームもあるんだよ」

「はあ——あの、用がないなら」

犬が〝そろそろ進もう〟という風に引っ張ってきていた。すると、

「ああ、いいよ。一緒に歩こうぜ」

と提案してきた。ヒノオは反応に困ったが、そこで相手はすかさず、

「ほらほら、そこでさっきの、私の表情をするんだろう？　そんな無表情じゃうまく感情が伝わらないぜ？」

と言ってきたので、ヒノオは少しむっとして、返答せずに歩き出した。

ほんとうについてくる。ふんふんふん、と鼻歌など奏でたりしている。ヒノオは吐息をついて、

「あのう、パールくん——僕は何も知らないんだよ」

「ああ、そうらしいな。おまえはカーボンの行方については何も知らないんだろう。別にそのことを訊きたいわけじゃない」

「じゃあ、なんなの」

「いや、あのさ――私の方は名乗ったんだぜ。おまえの名前も教えてくれないかな」

言われて、ヒノオは少し目を丸くした。虚を衝かれた感じがした。

「なんだよ？」

パールが不思議そうな顔になる。ヒノオはなんだか恥ずかしい気分になった。

（そうか――統和機構の人だからって、みんながみんな、僕のことを知ってるわけじゃないのか）

ずっと自分に話しかけてくる奴は、とっくに色々と知っているものだとばかり思い込んでいた。自分が有名で重要人物であるかのように錯覚しているところがあったのか、と気づいて、その自惚れに我ながら呆れたのだった。

「ええと――ヒノオだよ。コノハ・ヒノオ」

「それがコードネームか？」

「いや、僕にはそういうのはないから」

「え？　なんで？　おまえも合成人間なんだろ？」

「うーん、そうらしいけど、僕にもよくわかんなくて」

ヒノオがそう言うと、パールは、ああ、と納得したような顔になり、

「あれか――おまえ、まだ経過観察中ってわけか。疑似親に育てられてるクチか」

と、うなずいてみせた。

「わかるぜ。私も以前はそうだったからな。まあこっちは能力がとっくに確定していたから、その不安定さはなかったが」

「パールくんは、その……えと」

「疑似親にいたぶられたか、って？　そりゃそうだよ。連中はそれで機構から金をもらってんだから。しかし――」

パールはヒノオの隣を歩いている犬に目をやって、

「ペットとか飼えるのか、おまえは」

と言った。これにヒノオは、

「ああ――今はね。前はとても無理だったけど。ムビョウは割と、その辺気にしないから」

ついロを滑らせて、それからはっとなった。ウトセラ・ムビョウの名前は、統和機構ではかなり高度な秘密のはずだったからだ。しかしパールはそのことに気づくこともなく、

「ムビョウ、ねえ——そいつが今のおまえの疑似親か。しかし用心しとけよ。一見おとなしくて優しそうなヤツに限って、後からとんでもないことをさせられるんだからな」

パールの言葉には妙な実感があった。ヒノオにもそのことは思い当たる節がある。彼はウトセラの所に来るまで、様々な養父母の間をたらい回しにされてきたからだ。

「しかし、珍しいな——私はいろんなヤツに変身する必要から、人間を観察することを強制されて、親を何度も変えさせられたんだが、おまえはそういうんでもないんだな」

「そうなのかな」

「まあ、ピンとこないか。どれだけ自分が特殊なのかって認識は、他人の視点に立たないと得られないものだからな」

「だから、いちいち他の人になるの？」

「いや、私の場合はただの偽装で、別に自分探しをしたいわけじゃあ——いや、今は違うか。私は、おまえのことが知りたくて、こんな姿になっているんだからな」

「僕を？」

「おまえ、変わってるよな。うん、実におかしなヤツだよ、おまえは」

変身型合成人間パールは、妙にしみじみとした口調で言って、それからふいに、

「それより、おまえはどうやってフォルテッシモに見逃してもらえたんだ？」

と真剣な口調で訊いてきた。

「えーと……どういう意味？」

「フォルテッシモって、自分以外の誰も認めずに、敵味方問わずに、簡単に殺しまくるって噂になっているくらいの凶暴な奴なんだよ。下手なことを言っただけですぐに殺される。何が気に障るのか、誰にも判断できない。意味なくすぐにキレる、そういう話だ」

「あー、確かに……何言っているかよくわかんなかったけど」

「おまえは運が良かったみたいだが、私はそうはいかないんだよ。かなりヤバいんだよ。考えてもみろ、フォルテッシモがカーボンを逃がして、今、追いかけているのだとしたら……奴はきっと、頭にきている。馬鹿にされたみたいに感じているだろう。そんなところで、その取り逃がした現場近くにやってきて、あれこれ調べている奴なんか見かけたら、どうなると思う？」

「ご苦労様、って言うのかな」

ヒノオがそう言うと、パールは、だはあ、と大げさに両手を挙げてみせて、

「おめでたい奴だなおまえは。そんなわけないだろう。きっと自分のミスを細かくほじくり出そうとしている嫌味な奴だって思うだろう。私は嫌味の一つや二つ言われても平気な、心の広い人間だが、奴は違う……ああ、もう、私の生命は風前の灯火ってことだよ」

ヒノオの顔をして、パールは世にも嘆かわしい、という顔をした。ヒノオにとって、それは不思議な感覚だった。自分の顔で、そういう表情が作れるというのは、実に意外な発見だった。

「じゃあ、やめれば？」

と言ってみると、パールは首を大きく左右に振って、

「そうなったら、今度は機構側から〝反抗的な傾向あり〟と見られて、それはそれで追い詰められることになるんだよ。八方ふさがりだよ。絶体絶命だ」

と天を仰いで、そしてはあああっ、と派手にため息を吐いた。

「考えすぎじゃないかな。そこまで極端な話かな」

「完全に他人事だと思っているだろう。しかしな、私とこうして接触してしまった以上、おまえだってフォルテッシモの癇癪に触れちまっているかも知れないんだぜ。少なくとも、私がやられそうになったときには、おまえのことをあることないこと言いつけてやるからな」

「うーん……それって脅迫なの？　あんまり怖くないけど」

「ああ、なんて張り合いのない——せっかく同じ顔しているんだから、もうちょっと共感してくれよ」

強気になったり弱気になったり、表情が実にくるくるとよく変わる。その様子を見ていて、ヒノオはなんだが面白くなってきていた。それで、

「まあ、君がそんなに怖いって言うなら、一緒にフォルテッシモにあやまってもいいよ」

と言った。するとパールの顔がぱっ、と輝いて、

「おい、ほんとうか？　信じていいのか？」

「うん、別にたいしたことじゃないし。人にあやまるのは慣れてるし」

ヒノオがそう言うと、パールは少し眉をひそめて、

「ああ——そうか、おまえもか。私もかつてはそうだったよ。いろんな奴の顔色をうかがって、ぺこぺこ頭を下げていた。でも——それだけじゃ駄目なんだよな」

「え？　どういうこと？」

「なあヒノオ——私たちにはそれぞれ、互いに欠けているものがある。私には、フォルテッシモに対抗できるだけの精神力がない。そしておまえは——どうやら図太さだけがあって、自分を大切にしようって気持ちが足りないようだ」

「そうなのかな……」

「なあ、ヒノオ——私たち、友達にならないか？　私はしばらくここから離れられないし、おまえだって犬の散歩のとき、話し相手が欲しいだろう？　それに私が、おまえに豊かな

表情のレクチャーだってしてやれる。おまえは自分がどれだけ豊かな表現を眠らせているか、知りたくはないか？」

「うーん……」

ヒノオが返答に困っていると、二人の前から通行人がやってくるのが見えた。

（あ……）

ヒノオは少し焦った。同じ顔をした少年が二人並んでいる光景は、人の注目を集めるのではないだろうか。双子が目立つことは、ヒノオも知り合いのアメミヤ姉妹を見ているからよく知っている。あまり誰かに注目されるのはまずいんじゃあ……と思って、ちら、と隣を見て、そこで固まった。

「ん？」

パールが悪戯っぽい顔をして、こっちを見ていた……しかし、その顔が変わっている。

ヒノオとはちょっと違っていて、少しだけ大人びた感じになっていて、しかも性別も変わって見えた。一瞬で変身していた。

女の子になっていた。

「あ……」

絶句しているヒノオと、ニヤニヤしているパールの横を、通行人が特に違和感を覚えた素振りもなく、通り過ぎていった。

「きっと、よくいる姉弟が仲良く犬の散歩してるようにしか見えなかったろうよ」

「………」

なおも茫然としているヒノオに、パールは、

「ああ、これでやっと、おまえが驚いたところを見られたな！　私の能力って、本来はそういう風にビビるものなんだぜ？　わかってくれたかな？」

と得意げに言った。その様子がなんだかやけに無邪気だったので、思わずヒノオも、ぷっ、と吹き出して、そして笑ってしまった。

＊

散歩を終えて、ヒノオは帰宅した。

「──ただいま」

「おかえり。今日は少し遅かったな。いつも時間厳守の犬にしちゃ珍しいこともあるもんだな」

今日はウトセラが起きていて、そう話しかけてきた。彼は自分のスケジュールは乱れていて、昼まで寝ていたり、徹夜していたりするくせに、ヒノオたちの生活習慣にはやたら

と詳しいのだった。

「う、うん――途中で、公園で遊ばせたりしたから」

気がついたら、そう口にしていた。パールのことをウトセラに言うのが、どういうわけか躊躇われた。

「あの犬がはしゃいでいるところを僕は見たことがないよ。君にしか心を開いていないからな」

「いや――ボンさんともじゃれていたよ」

その名を口にすると、ウトセラにわずかな空白が生じて、そして、

「ああ――そうか」

と気のない反応が返ってきた。明らかに彼は、カーボンに対して他の人にはない心情を持っているようだった。それは余人には触れられない繊細なものなのだろう。それでもヒノオは、

「ねえ、ムビョウ――この前は〝もうあの人と会わない方がいい〟って言っていたけど……あれってどういう意味だったの」

と思い切って訊いてみた。怒られるかも、と覚悟してのことだったが、ウトセラは静かな調子で、

「別に大した意味はない……もう少し正確に言うと、どうせもう二度と会えないんだから、ということだよ」

　と言った。その声には穏やかな柔らかさがあった。

「それってあの、フォルテッシモって人が、ボンさんを追いかけているから、なの？」

「そうだ。あの男は特別だからな」

「僕程度じゃ相手にならない、って？」

「この世のありとあらゆる者が、彼の相手にはならないんだよ」

「そんなに怖い人には見えなかったけど……」

「君は、蟻を見たら全部踏みつぶすかい」

「いや、そんなことはしないけど」

「彼も同じだよ。いつでも誰でも殺せるから、みんな殺していたらキリがないという、そういう気持ちで日々を生きている。他人を怖がらせて圧倒するという威嚇は必要ないから、取り繕わない。だからこちらから見ると、まるでふざけているようにさえ見えるんだ」

　このウトセラの言葉に、ヒノオはパールがなぜあれほど怯えているのか、その理由が少し理解できるような気がした。そして何よりも、

（他人を怖がらせる必要がない、って……なんかそれって、ムビョウ自身のことみたいだ

けど……)

と思った。そんな彼にウトセラは、

「どうするね、カーボンを追いかけていくかい。どこにいるかもわからないが」

と訊いてきた。

「……いや、いいよ。これにヒノオは少しうつむきながら、そもそも、僕が勝手に憧れてるだけで、向こうが僕のことをどう思っていたかもわかんないし」

「ふむ……そうか。それで今朝の朝食はどうする。君が作るか？　それともアララギくんに頼むか」

「僕がやるよ。ちょっと遅れたって言っても、まだ学校の時間まで余裕あるし」

ヒノオはいつものように、キッチンに向かっていった。

「………」

その背中を、ウトセラは無言で見つめている。

＊

「なあヒノオ、カーボンって男は悪い奴だと思うか」

パールにそう訊かれて、ヒノオは答えに困った。

「うーん……僕は、そうは思わなかったけど……」

「でも、統和機構を裏切ったんだぜ」

「そうらしいけど、でも」

「おまえにはいい顔してたかも知れないが、他の連中には態度が全然違っていたかも知れない。私は今まで、そういう奴らを大勢見てきた。よく知っているんだよ、人には裏表があるってことを、な」

パールはひどく遠い目をしながら言った。

彼らはまたしても早朝の日差しを浴びながら、他に誰もいない公園のベンチに腰を下ろしている。二人の前では犬のモロボが座り込んで、身じろぎもしないでくつろいでいる。緊張感のない、のどかな風景だった。

「なあヒノオ、おまえはまだ任務に就いたことがないだろう」

そう言われて、ヒノオは少し考えたが、

「……まあ、ないね」

としか言いようがない。彼がこれまで遭遇した様々な修羅場の数々は、少なくとも誰かに命じられた任務とはいえないものばかりだったからだ。パールはうなずいて、

「そうだろうな。そういう感じだよ、おまえの呑気さは。だが私はすでにたくさんの任務

をこなしているんだ。その中では、そりゃあもう汚いことを平気でやる一般人どもを見てきたんだよ」

「へえ……」

「まあ、おまえだって嫌な目には遭ってきただろうし、人間の醜さなんて知っているだろうが、私が言っているのはそういう欲深い悪だけじゃなくて、簡単に裏切る薄っぺらな邪悪さとでも言うべき代物のことだよ」

「薄っぺら、って？」

ヒノオの問いに、パールは顔をしかめながら、

「なあヒノオ、人ってなんで、それまで仲間だった連中を裏切るんだと思う？」

と逆に訊き返してきた。ヒノオが黙っていると、パールは返事を待たずに、

「そりゃもう、実に簡単なもんだ。私がちょいと誰かに化けて、わずかばかりの行動をする。するとそれだけで、あれよあれよ、人間たちの関係が崩れていって、互いに互いの秘密をバラしあって、我先にと今までの味方を売ろうとするんだ」

忌々しそうに言うその横顔は、嫌悪に歪んでいる。

「しかも、その中に嘘が混ざっている。私が任務で流した偽情報とは違う話が、いつのまにか広まっている。なんのことはない、私が介入しようがしまいが、どっちにしろ連中は

他人を欺きたくてたまらないんだよ」

「……よくわかんないな」

「ああ、なんか抽象的な言い方になっちまったか。端的に言うと、誰もが嘘をついているので、後になると何が嘘だったのか、どこからデタラメが広まっていたのか、区別がつかなくなってしまって、何もかもが無意味になってしまうって話だよ」

「ますますわかんないんだけど」

「私だってわからないさ。馬鹿みたいだ。どう考えてもおかしな話であっても、自分が嫌いな者にとって害になるなら、自分の得にならなくてもいいらしいんだからな。足を引っ張り合って、誰も助からない。なんのために生きてるんだろうな、あいつら」

けっ、とパールは吐き捨てた。

「何を基準にして、判断を下しているんだ、あいつらは？　観察すればするほど混乱してくる。自我ってものがないのか？」

「ジガって何？」

「なんだよ、急に子供みたいなことを言うな？」

「子供だよ。それに、僕はあんまり言葉とか知らないんだ。学校とかあまり行ってなかったし」

「ああ、なるほどな。同じ顔しているから、つい自分と同じレベルの知性があると思っちまった」

「同じ顔にしているのはそっちの勝手だろ」

「ははは、まあ怒るな。自我ってのは確固たる自分のことだ。世界に対して、自分というのはこういう者だという、その意識のことさ。だから自我のない奴というのは、自分がないんなのか、何がしたいのか、曖昧でぼんやりしているくせに、他人が気にくわないって思ってばかりいるんだ」

「曖昧なのは君だってそうじゃないのかい。本当の顔がどういうのか、僕はまだ知らないし」

「ああ、残念だがそいつはおまえにも見せられない。曖昧というならそうなんだろう。しかしそいつは外面だけの話だ。私みたいに色々な人間のフリをするためには、その見た目に引っ張られて考え方が変わらないように、強い自我が必要だからな。その辺は鍛えているし、鍛えられてもいる。あまりにも他の連中が考えをころころ変えるのを見てきたからな。人を見た目で判断する連中ってのは、逆に言うとそれ以外は碌な感性のない、しょうもない人間だって知っていれば、こちらが見た目を変えたとたんにころころ態度を変えられても動揺しないですむしな」

「そんなに変わるのかな」

「ああ、すごく変わる。おまえが一日でも、私がしているような体験をすれば、人間がいかにいい加減で、なんとなくで周囲に流されているのか、嫌でも痛感するぜ」

「はあ……そんなものかな」

正直、ヒノオにはパールが何をそんなにムキになっているのか、言っていることの内容も含めてほとんど把握できていないが、ひとつだけ、

「でも、フォルテッシモはそうじゃなさそうだね。あの人は誰の言いなりにもならなそうだし、相手によって態度も変えそうにないし」

ということだけはわかった。するとパールの顔が引きつって、

「──やっぱりそうか。おまえはそう感じたか。くそ、そうだろうな──」

と呻いた。ヒノオはさらに、

「君がいつも任務とかで何をやっているのか、僕は知らないけど、でもフォルテッシモには、そのやり方はまったく通用しないってことなのかもね」

と身も蓋もないことを言った。

「ぐぐぐ……」

パールは唇をゆがめて、歯ぎしりした。その顔がまた、ヒノオにはとても新鮮に感じら

れた。思わず、自分も同じ顔をしようとして、変な形になる。

「おいおい——そうじゃない。頬が動いていない。おまえは唇だけ動かそうとしているから、うまくいかないんだよ。顔の筋肉は連動しているんだ。今の場合は、顎を少し前に出してみろ」

パールがアドバイスしてきた。

「こ、こうかな」

「それじゃ出しすぎだ。歯を噛み締めているから顔が歪んでいるはずなのに、全然歯と歯がくっついていないだろう」

「な、なるほど。さすがに詳しいね」

「人がどんな表情をしているのか、それはどういう構造になっているのか、さんざん研究したからな。今は意識的に、おまえと違う表情をしているだけで、いつもは化けた相手の範囲内でしか顔を動かさないんだぞ」

「じゃあ、僕そのものにもなれるのかな」

「いや——そこがまだ、自信がない。おまえが何考えているのか、それでどういう表情として現れるのか、正直なところ、見当もつかない。おまえって何を考えているんだ？」

「いや、そう言われても——今は、モロボともっと仲良くなりたいな、とか」

「いや、おまえはもう充分すぎるほどこの犬から好かれているだろう。これ以上どうするんだよ。そういうんじゃないよ。人生の目的だよ。おまえはどういう風に生きたいんだ？」

言われて、ヒノオは真顔に戻った。しばらく無言だったが、やがてぽつりと、

「いや——だってどうせ、統和機構からまた命令とか来るんだろ、って思うし。君だってそうしてんだろう、パール」

「ああ、まあ、それはそうだが——いや、そうじゃない。その上での話だ。確かに我々合成人間には普通の人間のような自由はないかも知れないが、それでもその、なんかあるだろう。あるはずだ」

「君のはなんなの」

「いや、だから——うーん」

自分から訊いてきたのに、パールは言葉に詰まってしまった。その様子にヒノオは少し笑ってしまう。そして、

「君って、いろんな人のフリをいっぱいしてきてんだろ。その人たちは何を考えていたのかな？」

と訊ねてみた。するとパールは、ぴん、とひらめいた顔になって、

「おお――そうだ、それだ。私の目標は」

と言った。ヒノオは首をかしげて、

「え？　どういうこと？　もっともっとたくさんの人に化けたいって？」

「いやいや、そうじゃない――そうじゃなくて、私はこれまで大勢の連中の姿になって、その心情に深入りしてきた。だが、どいつもこいつも中途半端で、自分の信念さえもいい加減に扱うような屑ばかりだった。私はそいつらのフリをしながら、ずっとずっと嫌だった――だから、こうはなるまい、って思ったんだ。そうだ。それが私の目的だ。私は、自分が化けてきたような連中と同じには、決してならない。私は私だ――あいつらとは違う、それが私の人生だ」

パールは眼をぎらぎらとさせながら話すので、ヒノオはちょっと気後れしてしまった。少しを身を引きかけた。するとパールは彼の方を見て、

「ああ、いや――おまえは例外だな。おまえと同じなら、なってもかまわない。むしろ今なら、フォルテッシモを前にしても怯まないでいられるその精神を、大いに手に入れたいんだからな」

「僕に――？」

「そうだ。おまえだよ、コノハ・ヒノオ。私の現時点での指針は、おまえだ」

「いや、僕になっても別にいいことはないと思うけど」

「おまえの立場がうらやましい訳じゃないさ。この犬に尊敬されたいとも思わないしな、私は。ただおまえの気持ちを自分のものとして摑まえたいんだ」

「…………」

＊

変身型合成人間パールは語りながら、その言葉に自分でも驚いていた。

（私は、こんなことを考えていたのか――）

それは発見だった。今まで心の中でずっと溜まっていた混沌が、いきなり整理されて、明瞭な意識として脳裏に広がっていた。

（そうだ、私は、私が変身してきた連中のことが大嫌いで、任務にもうんざりしていたんだな――そうだ、なんで今まではっきりそう思ってこなかったんだろう？）

変身型合成人間というのは、他の戦闘用や情報収集型の連中とは違って、やや末梢的な位置づけにある。後方支援というか、実社会の中における統和機構の円滑な活動のための裏工作ばかりやらされているのだ。他人に化けて、組織の内部事情を探ったり、内紛を起こさせて解体したり、あり得ない企業合併を強引にさせたりしている。人類の敵たる危険な存在を見つけ出して狩り立てるという、崇高な使命のために活動している他のタイプの合成人間とは違って、かなり地味な印象がある。数も少なく、パールも他の同タイプに会ったこともない。たまに巡ってくる戦闘任務でも、もっぱら他の合成人間のサポート役でありなんのために任務に就いているのか、上から下される指令だけではよくわからないので、ますます何をしているのか、自分でもわからなくなってくる。

（そして私は、それがとてもとても嫌いだったんだ——仕方ないと受け入れようとしていて、しかし——）

パールは、目の前のヒノオをあらためて見つめた。

（この少年——私の変身を見ても、もう一人の自分と遭遇してさえまったく動じずに、そのまま受け入れてしまったこいつが、私の中からその感覚を浮かび上がらせた……こんなことは初めてだ）

パールには、ずっと予感がある。いつか統和機構から役立たずと判定されて、始末されてしまうだろうという——それは漠然とした不安というよりも、さらに確固とした確信に近い。そしてその際に最も名高い死の使いとして、パールは〝最強〟フォルテッシモを恐れているのである。それも、今までは単に奴が一番強いということになっているからだろう、と思っていたのが、ヒノオによってその奥にあるさらなる恐怖に気づかされたのである。言われてみれば確かに、フォルテッシモのあり方こそパールにとっては〝天敵〟とでもいうべき立ち位置と言えるだろう。

そして、この少年はパールにとってどういう存在なのだろう。

（私は――）

パールはじっ、とヒノオを見つめ続けて、そしてヒノオの方も黙ってしまっている。

そんな風に、この早朝の奇妙な会合はしばらく続けられて、そして――一週間ほど過ぎたときに、その変化は訪れた。

＊

（さて――今日はヒノオにどんな表情を教えてやるかな）

パールは公園のベンチに腰掛けて、少年と犬がやってくるのを待っていた。

足音がかすかに聞こえてきたので、顔を上げて振り向いた。

しかし、そこにいるのは知らない大人の男だった。この早い時間に珍しい――と少しだけその相手を注視して、そしてパールは、

（うっ――）

と心臓を摑まれるような感覚を覚えた。

その男は妙に青白い顔をしていた。あまりにも肌の色が薄いので、血管が透けてみえるほどだった。アルビノのピンクとも違う、薄紫のガラスのような印象があった。その男はパールの方をまっすぐに見つめていた。そして、

「やあ、ヒノオ――こんなところでどうしたんだい」

と親しげに声を掛けてきた。

（そうか――こいつが）

パールには既にわかっていた。ヒノオは決してそいつのことを漏らさなかったが、一度だけうっかりその名を口にしていた。それを憶えていた。

「い、いや――ムビョウこそどうしたの」

そう呼んでいたはずだ。今のヒノオの保護者で――どうやらただの養育者ではなく、この異様な外見から、こいつは統和機構の中でもただならぬ地位にある者であろうと、一瞬で推察できた。

「犬はどうしたんだ。散歩の途中じゃないのか」

ムビョウはそう言いながら歩み寄ってきて、そしてベンチの隣に腰掛けてしまった。

「モロボは公園を駆け回ってるよ――最近は放してやってるんだ」

さりげない口調で言う。ヒノオと接触していることが、他の統和機構の関係者に知られ

るのは色々と問題がありそうだった。

（ヒノオのフリをして、しらばっくれるしかない――）

その決意を即座に固めていた。これはパールにとって本職であり、絶対の自信を持っている。

しかし――ムビョウという男の、奇妙に焦点が合っていないような不思議なまなざしに晒されると、その自信がどんどん揺らいで、砂の城のように崩れてしまいそうになる。

「ふうん――あの犬は逃げたりしないのかい」

「大丈夫だよ。モロボは賢いから」

「君はあの犬に甘すぎるんじゃないのかな。まるで親犬みたいだよ」

「うん、そのぐらいのつもりでいるよ」

パールがそう言うと、ムビョウは眉を片方だけ、ちょい、と上げて、

「いや、実に君らしい言い方だね。今のは、実にコノハ・ヒノオが言いそうなことだったね」

と言った。

（――――！）

パールの背筋が凍った。どういう意味だろう。まさか疑っているのか。だが、それなら

わざわざカマをかける必要もないはずだった。相手の方が立場は上で、外れていたときの気まずさなど考慮する必要のない立場だからだ。状況が曖昧な以上、ここは、あくまでも押し通すしかない。化けていることがバレたら、パールだけでなく……ヒノオ本人がどういう責任を取らされることになるのか、その危険は絶対に避けなければならなかった。

「ほっといてよ。モロボは僕が世話するって言ったろ」

思い切って、踏み込んだことも言ってみた。ヒノオが過去にそういう発言をしていたかどうか確信はなかったが、しかし――

「ああ、そうだったね。確かに他人に散歩を任せたりしてないから、こっちも文句を言えないな」

ムビョウは笑いながらそう言った。よし、とパールは心の中で拳を握った。

「じゃあ、僕はそろそろモロボを迎えに行くよ。ムビョウは先に帰っていて」

と言って、ベンチから立ち上がって逃げようとした。しかし――そこでいきなり手を掴まれた。

「まあ、いいじゃないか――大丈夫だよ。あの犬は利口だから。ここにきちんと戻ってくるさ」

ムビョウは静かな、それ故に有無を言わせぬ口調でそう言った。

（う――）

パールは逆らえず、そのままベンチに座らされた。その肩をぽんぽん、と叩かれて、

「いや、ヒノオ――君に言っておかなければならないことがあるんだよ。これは盗聴されている家では言えないことなんだが」

と異様なことを口にした。パールは戦慄する。

（な、なにい――こいつ、統和機構に属していながら、自宅を盗聴されているのか。そしてそれを知っているって――いったいどんな立場なんだ？）

いや、それともこれは引っかけなのだろうか。ふざけて言っているだけなのか？　どうにも判断ができないので、パールは仕方なく、

「へえ、そうかい」

と投げやり気味に、曖昧に返事をした。冗談に呆れているけど、あえて付き合うとも取れるし、緊張して強ばっているようでもある、ぎりぎりのラインを突いてみた。だがムビョウはそんな繊細さをほぼ無視して、

「君が気にしていたカーボンの行方だが、どうやら面倒なことになっているらしい。フォルテッシモだけじゃなくて、別の追っ手も駆り出されているらしい。そいつは極めて特殊な、変身型の合成人間のようだ」

と言った。パールは反応できず、無言だ。かまわずムビョウは続ける。

「変身型というのは特殊でね——一般の任務にはあまり派遣されないし、機構の中でも決して重要な地位に就くこともない。はっきり言って、疎んじられた存在なんだ。何故だと思うね？」

「…………」

「なあ、ヒノオ——他人に化けて社会に割り込んで、社会の構造を掻き回す奴というのは、いったい何のためにいると思う？　いや、もっと正確に言うと、何を目的として生まれてきたんだと思う？」

「…………」

「他人になりすまして、しかしその本人と同じにはならずに、社会の一部に入り込んでも、決してその流れには組み込まれない——そんな立場ってどういうものなのだろうね。常にこの世界と距離を取って、外側から観察しているようなものじゃないか。他の合成人間たちは、ある意味では既存の人間の延長にある。武器や道具を我が身に兼ね備えてるようなものだ。だが変身は？　まるで人間ではないものが、一生懸命にそれに近づこうとしているみたいじゃないか。そう——空からやってきた宇宙人が、地球の生物を研究するためにあえてその身を劣った人類に似せるときのように。本来は別のなにかで、もっと広大な表現技術があるのに、あえて他の人間たちのやることを模して、会話も鸚鵡返しに繰り返すばかりで、自分の言葉ってものは持たないんだ。山に響く木霊のように」

「…………」

「変身型合成人間は、その存在はそういう研究の、さらに猿真似のコピーとでも言うべき、なんとも中途半端な立ち位置にあるんだよ。だから統和機構も持てあまして、末端の仕事に就かせて様子を観察している……だが、どうやら今、その変身型を利用して、カーボンがらみの状況に干渉しようとしている奴がいる。あえて不安定なものを危険な裏切り者に近づけることで、予想外の化学反応を引き出そうとする者が――」

「…………」

「まあ、君は用心深いから、そういう怪しげな事態には深入りしないよな。それはカーボンにとっても危険だろうし、なによりヒノオ、君だってあの鼻持ちならない黒幕気取りにはさんざん嫌な目に遭わされたんだから」

「…………」

「さて、それじゃあ僕はこの辺で失礼するよ。徹夜明けなんでね。帰って一眠りだ」

ムビョウはそう言うと立ち上がり、そして去ってしまった。

「…………」

パールは、いつのまにか身体を小刻みに、がたがたと震わせていた。自分がどんな表情になっているのか、それを認識すらできていなかった。

＊

「……あれ？」

公園のベンチに腰掛けているその小さな人影を見て、犬と共にやってきたヒノオは眼を丸くした。

そこには一人の女の子がいた。だぼついた服を手足のところで折り返した格好をしている。小さな子がずぼらな親に〝どうせ大きくなるから〟と着せられるような格好で、それ自体は自然で、しかし――

「あのう――パール？」

ヒノオがその子に話しかけると、すぐに女の子はニヤリとして、

「よう、さすがに見抜けるようになったな」

と言った。声は違うが、口調はずっとヒノオと話してきたそれと同じだった。

「どうしたんだい今日は。その格好は？」

「ああ、それなんだが――悪いがヒノオ、これでお別れだ」

「え？」

「別の任務が入っちまった――ここでカーボンの痕跡を探るのはおしまいだ。だからせっかくおまえに色々と教えてもらっていたが、その必要もなくなった。どうやらフォルテッシモにはバレないままで、ここから去れるからな」

「…………」

「あいつに会っても、私のことは内緒にしておいてくれよ？　藪蛇になるからな」

「そ、そうなんだ……なんか急だね」

ヒノオは戸惑っていて、なかなか事態が受け入れられない。これにパールは、

「まあ、今回はここまでだが、次はフォルテッシモにビクつかなくてすむから、もっと気楽になれるさ」

と明るい調子で言った。

「また会えるかな？」

「もちろん。私はいつでもどこでも、誰にでも変身して紛れられるんだから。それにおまえという変なヤツが、どうして変なのかまだわかっていないしな」

パールはウインクしてみせた。ヒノオも、うん、とうなずく。すると、

「おいおい、そこは〝変なヤツなんてひどいな〟って怒るところだぞ。やっぱりおまえは、

変わってるよ」

パールはそう言って笑って、そしてベンチから飛び降りるようにして立ち上がると、ヒノオの頬に軽くキスをして、そして風のように走って行ってしまった。

「…………」

ヒノオは茫然と立ちすくんでしまっていた。犬はその間、ずっとじっとしていて、主人が次の行動に移れるまで静かに待っていた。

＊

（さて――）

パールは意を決して、懐中から携帯端末を取り出して、特別回線を呼び出した。

〝どうしたねパール、カーボンに接触しようとする者は見つかったかな〟

どこか絡みつくような、しかし決定的に冷ややかな印象のある声が聞こえてきた。パールは一息ついてから、

「それなんですが、オービット――どうやらこの場所にはもうヤツの影はないようです。いたのもほんのわずかで、誰とも接触していなかったらしく、ヤツの姿に反応する者もいませんでした。これ以上は時間の無駄です」

〝ほう――慎重な君にしては判断がちと早すぎないかね〟

「むしろ、早く別のアプローチに移るべきかと。ここで時間を浪費すれば、カーボンはさらに遠くへ逃れてしまうでしょう」

〝ほう――すると君は、私の命令と、君の判断を交換しようというのだね。私よりも的確な分析ができると〟

「あなたならその正否を見定められると思いますが。なにしろ〝交換人間〟ですからね、あなたは」

〝ふむ――これは一本取られたかな。まあいいだろう。君ほどの者がそこまで言うのだから、その重要性を考慮しようじゃないか。君がそこに行き、そして離れる判断をした、それ自体が何かを表しているのだからね〟

声はあくまでも穏やかで、故にまったく付けいる隙がない。何に偽装しても、結局は相手の求める何かと交換させられるだけなのだろう。

「…………」

〝ではパール、引き続き任務を続けてくれ。カーボンが統和機構に仇なす連中と接触する前に、その身柄を確保するんだ〟

「了解しました」

そして通話は切れた。パールは奥歯を噛みしめながらも、その表情は硬く、歪みは表に出ていなかった。そしてふと、

(なんか——ヒノオみたいな顔をしているな、私は……)

と思って、ちら、と微笑みが顔をかすめたが、すぐ厳しいまなざしに戻って、そして小柄な少女ではあり得ない速度で、付近から離脱していった。

＊

ヒノオが散歩を一通り終えて、ふらふらと家路に就いていると、いつもこの時間に外にいるはずのないウトセラが前を歩いているのが眼に入った。

「あれ？　ムビョウ？」

声を上げると、ウトセラは振り向いて、

「やあヒノオ。散歩は終わったのかい。私も今、帰るところだよ」

「昨日、どこか行っていたの？」

「ま、野暮用さ。もっとも僕の仕事は全部そんなものだけどね」

「ふうん……」

ヒノオは彼の後をついていきながら、訊いてみたかった。ヒノオと同じ顔をした誰かと

会わなかったか、と。

（でも……）

どういう風にそのことを言えばいいのか、見当もつかなかった。どう切り出せばいいのか、どんな顔で言えばいいのか、それを彼に教えてくれる者はその場にはいないのだった。

二人は無言で、たらたらと脱力した足取りで、まだ静かな早朝の通りを進んでいく。犬が時折、ふん、と口吻を鳴らして、その音がやけに遠くまで響いていった。

"The Transformer" closed.

憎悪人間は肯定しない
No-Man Like Yes-Man act 4.

「君は……自分が特別な存在だと思うか……？」

かつてカーボンは、長い前髪が片眼を隠している陰気な男にそう訊かれたことがある。

「どうでしょう……答えようがないかも知れません。あなたはどうなんですか、オキシジエン」

「特別なものなど……世界には存在しない……あるのは、自分は特別なはずだという……思い込みだけだ……」

ぼそぼそとした声で、その迫力をまったく感じさせない男は言う。

「では、何が世界を動かしているのだと？」

「……それは……話が逆だ……君もまた……そういう人間的な思考に……足を取られている……」

「逆？　どういう意味です？　特別な人間が世界を動かしているのではなく、一般のありふれた人々こそが世の中を創っているとか、そういうことですか？」

「それも……正確ではない……一般というものなどない……すべてが特別で、すべてが平凡……そこに例外はない」

「あなたの言葉は、いつも理解しきれませんね――私の未熟さもあるのでしょうが、やはりあなたはこの世界の頂点なのだと思い知らされますね」

「そう……思うか……ほんとうに？」

「え？」

「君が……そう感じるのならば……いずれ君と……私の未来はズレることになるだろう……」

「どういうことですか？　私が――あなたを？」

「君が……私の代わりに人々の憎悪を暴いているのだと……ほんの少しでも思っているなら……その憎悪は……空回りした悪意になって……君に牙を剝くだろう……」

「ますますわかりません――これはお叱りを受けているのでしょうか？　私に何か落ち度が？」

「その限界が……私の方か、君の方か……どちらであっても同じことだ……君は自分に未熟さを……成長の可能性を感じるように、それをまったく感じない者も……この世にはいる……どちらも特別であり、どちらも平凡……だが、故に相容れない……」

「…………」

「思い当たるようだな……そうだ……あの男も、君も……同じようなことを言う……私を頂点と言う……だがほんとうは……君たちは、そんなことを信じていない……」

「わかりません――もしや相殺人間のことをおっしゃっているのですか？　これから彼と対立する危険があると？　確かに私は、彼には気に入られていないようですが――」

「君たちはどちらも、未来から目をそらしている……その理由が……無力感か、麻痺か……その違いが、いずれ決定的になるだろう……」

相殺人間は計算しない
“The No Blues Man”

『憎悪を消す方法は簡単で、相手のことを価値のない存在だと思えばいい。しかしそれは結局、自分自身も価値がないと認めることにしかならない』

——霧間誠一〈好悪の彼岸〉

そこは川沿いの通りに屋台が並ぶ繁華街の一角だった。大勢の酔客が酒杯を片手に料理をつきながら、大声でわめいたり歌ったりしている。その中で、三人の男たちが、周囲とはやや違う雰囲気の中で、席を囲んでいた。

「だいたい、あんたは前からトラブルを起こしすぎなんだよ、ミナト・ローバイ。後始末をするこっちの身にもなってくれ」

その男はいつも困ったような顔をしている。具体的になにかあるわけでもないらしいのだが、常に眉をひそめて、今にも泣き出すのではないかというような、追い詰められたような顔をしている。

「おいおい、統和機構の〝警視総監〟であるギノルタ・エージともあろうものが、ずいぶんと弱気だな？　文句があるなら正式に通達して、しかるべき処分を私に下せばいいじゃないか。君にはその権限があるんだから」

相手の男は逆に、まったく屈託のない、底抜けに開けっ広げで陰りというものがない表情である。眼がやたらと見開かれていて、まっすぐに見つめてくる。

周囲では、下品な笑い声が響いている。その中で彼らだけが、奇妙な緊張感に包まれている。

ギノルタと呼ばれた男はその視線を受け止めずに、うつむいたまま、

「嫌味はよせ――あんただって、俺がしょせんは中間管理職に過ぎないってことはよくわかってるだろう。だいたい、ここに来たのもカレイドスコープからの命令なんだからな」

その声もぼそぼそと、どこか投げやりな調子である。強い意欲というものを感じさせない。これにミナトは笑って、

「じゃあ言い返してやればいいじゃないか。面倒な仕事を人に押しつけずに自分でやれ、ってな。君とカレイドは序列だけなら互角のはずだろう。ただ向こうが中枢に近いってだけで」

「そんなに簡単じゃない」

ギノルタがそう言うと、ミナトは彼の横に座っている男に目を移して、

「なあ、君だってそう思うだろう？　おっかないこの上司は、いつもはもっとイケイケじゃないか、って？」

と話しかけてきた。言われた男は困惑して、

「ええと――」

「君としても、面白くない話じゃないのかな。本来、君だけでもいいような任務じゃないのかな。なんで上役が直々に出てくるんだ、って不満なんじゃないかい？　なあデスポイントくん」

「デューポイント、です」

「ああ、そうだっけ。まあどっちでもいいだろう。デューポイントってあれだろ、この」

彼はビールの入ったジョッキを掲げて、

「グラスの表面に水滴がつく温度、ってやつだろ。水蒸気が過飽和状態になって露になる点、って意味だ。あれか、君はそういう測定をする役割か。人間の限界を測っている？」

そう訊きながら、ジョッキの横をなで回していたかと思うと、急にぐいっ、と飲み干して、周囲の一般人と同じように、わはは、と大声で笑った。そして近くの従業員に、現地語で呼びかけた。ビールのおかわりを頼んだらしい。馴染んでいる。この男はいつもならば超がつくような高級ホテルのラウンジで一杯が貧民街の生活費一ヶ月分に相当するよう

なカクテルを、注文するだけして一口も飲まずに他の富豪たちと談笑しているような生活を送っているはずだったが、今はこの、極めて庶民的な場所で安酒を実にうまそうに飲んでいる。

どの国にいても、どんな環境下でも、このミナト・ローバイはそこに溶け込んでしまって、他の者たちと見分けがつかなくなってしまうのかも知れなかった。

「………」

デューポイントは困惑したまま、返答に詰まっていた。

ここでギノルタが、ふう、と吐息をついて、

「とにかく、いい加減にウトセラ・ムビョウに喧嘩を売るような真似はやめてくれ。彼は統和機構において極めて重要な位置にいる要人の中の要人なんだ。あんたと彼が対立していることは、機構にとって無用の混乱につながる」

と切り出した。しかしこれをミナトは、ビールを受け取りながら、実にいい加減な調子で応じる。

「おいおい、それは誤解だよ。まず前提が間違っている。統和機構にとって重要なのはムビョウ本人ではなく、彼の能力だ。製造人間という特性だ。そしてその安定こそ重要というのは私も同意見で、だからこそムビョウに今、不安定な傾向が見られることに私は警戒

し、対応しようとしているに過ぎない。君と同じ立場だよ、私は」

　ミナトは立て板に水を流すように、流暢に言葉を並べ立てる。しかしギノルタはこれに対して、素っ気ない調子で、

「私に立場などない――誰とも同じではない。あんたとウトセラ、どちらの味方になるつもりもない。ただ、揉め事はごめんだ、というだけだ。面倒は避けてくれ」

「短絡的だな。もっと大局的に物事を見られないか？　目先のことに固執していては未来の可能性を狭めてしまう恐れがある」

「未来に興味などない。俺が関係するのはいつだって〝今〟だけだ。明日のことも、昨日のことも二の次だよ」

「やれやれ――君の強情さにはかなわないな。さすがは秩序の守護者だけのことはある。そこでだ――君に訊いておきたいことがあるんだが」

「…………」

「ほら、例の〝憎悪人間〟の件だ。カーボンの造反というのは、あれはどういうことなんだい？」

「…………」

「君だって彼のことはよく知っていただろう。あんなに穏当さの塊（かたまり）みたいな男が、統和

機構を裏切るものかね？　どうにも不自然だと思うんだが」

ねちねちと続けるミナトに、ギノルタは特に苛立ちも見せずに、

「現に、あの男は呼ばれたときにこちらの招集に応じずに、姿を消した——それが事実だ。他のことは現在、考慮に値しない。裏切り者として扱うだけだ」

「そうかい。しかし彼の言い分も聞かないと、公平ではないんじゃないのかな。それこそ偏りが生まれてしまうよ。彼を追い落として、その権限を自分のものにしようという勢力だってある。たとえばパニックキュートなんか実に怪しい。監察部門はあいつを調べたりはしていないのか？」

「偏りを作りたがっているのはあんただろう、ローバイ。なにしろ〝交換人間〟だからな、あんたは。色々なものを入れ替える際に価値を捏造するのが大好きなんだ。偏りがなかったら、入れ替える意味が薄れる。今も俺を煽って、対立を深めようとさせている……その手には乗らないよ」

「なにやら誤解されているようだな。偏見を持たれている」

「ずいぶんと気にしているようだな、カーボンのことを」

「そりゃあそうだろう。オキシジェンにあんなに優遇されていたんだぜ。信じられないよ。何があったのか、正確なところを知りたいと思うのは人情だろう。なあデューポイント。

君は彼と会ったことがあるか？」

「い、いえ——縁はありませんでした」

「そうか。いや一度でも彼と話をしていたら、どうやったらあの男を裏切らせることができるのか、不思議に思わずにはいられないぜ？」

絡まれている部下の横から、ギノルタが口を挟む。

「あんたに人情なんてものがあるとは思えないがね、ローバイ。何でもかんでも利用できるかどうかしか興味がないんじゃないのか」

「ひどいなあ。まあ、否定はしないがね。それが世界の本質だからな。みんながみんな、お互いをよりよい形で利用しようとしていることで、文明が成立しているのだから」

「そして今は、カーボンが裏切ったことを利用しようという訳か」

「おいおい、私は別に——」

「——」

「……やれやれ、すっかりお見通し、ということか。しかしな、考えてみてくれ、カーボンが握っているはずの〝秘密〟を。その価値を、だ」

「…………」

「カーボンは組織に潜んでいる裏切り者をあぶり出すことにかけては天才的だった。どんな悪人でも、あの穏やかな微笑みを向けられるとすっかり信用してしまって、隠された本心を彼に打ち明けてしまったものだった……だから、彼は大勢の人間の秘密を知っていて、その中には別に統和機構を裏切るとか、そういうレベルの話ではなく、もっとささやかで、しかし重要な機微に触れているようなものもあったはずだ。これは貴重な情報だ。そうは思わないか？」

「どうでもいいことだな。カーボンが何を知っていようと、俺の知ったことではない。そして、あんたにも関係ない。余計な手出しはするな」

「いやいや、これは重要な観点なんだよ。いいか、そもそも裏切る理由がなんにもないはずのあの男が裏切らざるを得なくなったのは、誰かにハメられたせいかも知れないだろう？　そしてそれは、彼についうっかりと秘密を漏らしてしまった誰かが、それを隠すために仕掛けたのではないか――だとしたら、その〝犯人〟を見つける必要があるんじゃないか？」

「それはあんたの推測だな」

「なあ――もしかしたら、君は今、私を〝取り調べ〟しているんじゃないのかい。私こそがカーボンに秘密を握られていて、それをいち早く隠すために、今、彼を追っているフォルテッシモが捕まえてしまう前に、確実に消そうとしている、と――そう疑って、カマをかけているんじゃないのかな？」

こんなことを言いながらも、ミナトはずっとビールをちびちびやりながら、にやにや笑い続けている。その真意がどこにあるのか、本気で疑問を感じているのかさえ、傍目には

わからない。

ギノルタは、そんな彼の態度には一切反応せずに、ただ自分の意向だけを相手に伝える。

「カーボンにはもう近寄るな。いいか、警告したぞ」

「おお、怖い怖い――」

ミナトは両手をわざとらしく挙げて、首を左右に振ってみせた。しかしすぐに身を乗り出してきて、

「なあ、その警告って、無視したらどうなるんだ？」

と訊いてきた。

「私を殺すのか？　処分されるのか？　監察部門はいつもそうやって、裏切り者を始末してきたんだろう？」

「さあな」

「なあ、どんな気分なんだ？　味方だった連中を殺すっていうのは」

「あんただって、いつもやってることだろう」

「いやいや、それが違うんだな。私はいつだって、利用する価値があるから人を生かそうとしているんだよ。だから私にとって誰かの死は常に損失であって、極力避けなければならない、回避すべきリスクだ。しかし君たちはどうだ？　裏切ったらしいというだけで、問答無用で処分だ。もったいないとは思わないのかい？」

「リスクは排除すべきであって、他に考慮する要因などないだろう」

「ああ、ああ……実に君らしい短絡だな。しかしリスクなしにはどんな発展も成長もあり得ないんだがな」

「発展にも成長にも興味はない。俺は機構の安定だけが目的だ」

「じゃあ、敵を殺したときにはスッキリしたりするのかな？」

「何の話だ？」

「いや、仮にだが——君を〝買収〟する必要があったとして、何を代価として支払えば可能なのかな、と思ってね。どうすれば君のその、いつでもつまらなそうな顔は喜びに輝くのかな、とね」

「買収してどうする。あんたが中枢(アクシズ)にでもなるのか。その野望があるのか？　そのための味方になれと？」

「どうだろう……いやいや、そうじゃないな。その君のその頑固さは、何とならば交換できるのか、そこが知りたいんだ。私はこの際、どうでもいい。君の観念をひっくり返しうるものがなんなのか、そこに興味がある……そう」

　ローバイの大きく見開かれている眼が、さらに大きくなった。

「君はまさに、そこを見込まれて今の地位に就いている……オキシジェンにその才能を見込まれて。絶対に折れない、という才能を。しかしな、それはそれで危険だと思わないか？」

「あんたはさっき、取り調べしているのか、とか言ったが……どうやら問い詰めているのはそちらの方だな」

「ははは！　そうだな。なんだか立場が逆になっていたな。まあ気にしないでくれ。私は誰にでも同じように、開けっ広げに接するのがポリシーだからな。ところで、これからもう一軒つきあわないか？　うまい炙り肉を出すところがあるらしいんだが。なかなか機会がなくてね。君のためなら店ごと買ってもいいよ」

「話はすんだ。とにかく、あまり専門外のことに手を出すなよ。あんたは機構が適切に活動するための下準備をするだけでいいんだからな」

「やれやれ、つれないね。ではデューポイントくんはどうだい？　こういう雰囲気が苦手だったら、河岸を変えるか？　三十年ものワインならすぐに用意できるが？」

「結構です」

「君も苦労してそうだね。上司がこんなにも石頭では」

「…………」

＊

「……どう感じた？」

「は、はあ……なんとも説明に困る人物ですね。あの方は」

「嘘をついていたか？」

「それが……」

デューポイントは眉をひそめた。

「ご存じでしょうが、私の能力は人間のわずかな体内電流の乱れを感知して、それから心理の乱れを分析するというものでして」

「要は〝嘘発見器〟だろう。だから連れてきたんだ。ミナト・ローバイはどうだった。あいつは我々を前に動揺していたのか？」

「いえ――バカンス中に不意打ちでの訪問だったはずですが、まったく変化を感じませんでした」

「予測していた、というのか？」

「かも知れませんが、もっと根本的に……そもそも誰が来ても、それで動揺するということがないのでは、と感じました。とにかく、なんにも乱れがないのです。だから嘘をついているのか、本気なのか、その区別がまったくつかない……個人的な印象だけなら、ぜんぶ嘘、という気がします」

「印象はいらない――そんなものは間違いの元だ。データからみる事実だけを言え」

「し、失礼しました……でも、同じことです。データ的には、彼は真実と虚偽との間に線を引くという意思が極めて希薄で――故に信用するに足る根拠は発言のどこにもありませんでした」

「なるほど――殺意はあったか？」

「ありません。敵意は極めてはっきりとした電位の乱れを生みますから、感知し損ねることはありません」

「ふむ。少なくとも、ヤツはまだ〝機構〟そのものに牙を剝く気はないようだな」

「だといいのですが」

デューポイントが何気なくそう言うと、ギノルタは振り返って、

「なんだ、それは？」

と訊いてきた。

「え？」

「なにが〝いい〟んだ？　ヤツが裏切るかどうか、その是非をなぜ、我々が判断する必要がある？」

「い、いや――」

「いいか、デューポイント……我々は何も判断する必要はないんだ。何も決定することはない。我々はただ〝機構〟が危険に陥る前に、それを阻止するだけだ。良否など問うな」

「…………」

デューポイントは返答に窮した。ギノルタは無言の相手を責めるでもなく、そのまま足を進める。

二人が次に向かうのは、確認されているうちで、脱走者カーボンが最後に会っていた人物――製造人間ウトセラ・ムビョウのところである。

＊

「やあエージ、相変わらず困ったような顔をしているね。しかし君ほど他人から哀れみを感じてもらえない人間もいないだろうから、損だよね。同情がほしいと思ったことは？」

「ない」

「やれやれ、かたくななところもそのままだね。君がこうして僕を訪ねてくるのは何年ぶりだか、とても前なので忘れてしまったが——まったく変化がなくて、逆に驚いているよ。そうそう……」

ムビョウはかすかな笑みを浮かべながら、平然とした調子で、

「カーボンがここに来たときは、彼のあまりの変わりっぷりに驚いたが、君はその逆だな、エージ」

と簡単に認めたので、ギノルタの後ろのデューポイントは、む、と息を呑んだ。するとムビョウは、

「君はデューポイントだな。僕の分析のために連れてこられたのかな。しかし君の〝嘘発見器〟は、この状況ではあまり意味はないな。僕が嘘をついていても、そうでなくても、このギノルタ・エージの判断にはほとんど影響しないだろうから」

と、これまた簡単に言う。一般の統和機構メンバーたちには秘密の能力のことを初対面のはずの相手に言い当てられて、さすがにデューポイントが焦ると、ギノルタが、

「彼はなんでも知っているんだ……機密漏洩の心配はない。むしろ彼が知っていることを、我々の方で必要以上に知ってしまわないように気をつける必要がある」

淡々と、かなり不自然で異様な説明をした。デューポイントは混乱したが、それ以上の説明はなく、話題はふたたび二人の関係に戻った。

「それで君がここに来ているということは、まだカーボンは捕まっていないということか。それで僕を責めに来た？」

「あんたを責めても意味はないだろう。そして搦め手も役には立たない。だから訊く。あんた、カーボンからどうして統和機構を裏切ったのか、教えてもらったのか？」

ずばりと直接的に訊いた。ミナト・ローバイを相手にしていたときよりも率直だった。ムビョウも即答する。

「いいや。彼は何も言わなかったね。彼と敵対していた者は多かったのか？」

「ああ、とてもな。そもそも裏切り者と、その予備軍みたいな連中との接触が任務だったからな。容疑者は絞れない」

「どうかな……君はもしかして、わざと彼を追い詰めた犯人を捕まえないつもりなんじゃないのか？」

「…………」

「カーボンの追跡はすでにフォルテッシモが担当している。君は彼に余計な手出しをしたくなくて、この件に関してはやる気がないんじゃないのか。あの最強くんは、横からあれこれと口出しされるのを嫌うタイプだしな」

「気が進まないのは確かだが、だからと言ってやらない訳にもいかない」

「板挟みになってる、ってことかい。まあ、君はいつだってそういう状態にあるとは言えるよね」

「どういう意味だ？」

「だってそうだろう……君や、君が率いている監察部門は、統和機構の本来の使命からしたら〝あってはならない〟存在だ。君たちは機構の裏切り者たちを始末し続けている……しかしそもそも、人類の敵たる過剰進化を遂げた怪物たちと戦うための合成人間そのものが人類に刃向かってしまうのだとしたら、どっちが危険なんだって話になってしまう——だから君たちは、いつだってその辺をごまかすために働かされているわけだ」

「別に、それほど苦にはしていないさ。どうせ誰だって、それなりに身にしみなくて、腑に落ちないことを仕事にしているんだろうからな。あんただって好きで製造人間をしているわけでもないだろう」

「なるほど。受け入れているわけだな。しかしそうなると、そんな仕事では本気で、真面目に務めるのが馬鹿馬鹿しくなったりしないのかな」

「真面目かどうかなんてどうでもいい。それを決めるのは俺じゃない」

「ああ、判定するのはオキシジェンであって、彼が君に満足しなくなったら、そこで処分されてもやむなし、と──そう考えているのか、君は」

「あんたは違うのか？」

「いやいや、僕にはとてもそんな風に割り切れないね──いつだって迷っているよ」

ここでムビョウは、ちら、とデューポイントの方を見て、

「なあ、今、僕は嘘をついていないだろう？」

と言った。いきなりだったので、デューポイントは絶句してしまう。しかしギノルタはその言葉を無視して、

「あんたに迷われると困るんだがな、ウトセラ・ムビョウ──あんたは統和機構の要であり、根幹だ。揺らいでいては、他の者が不安定になる」

「ああ、君はそのために来たのかな？　僕に注意するために。それとも僕もカーボンを追い出した犯人の容疑者の一人として数えているのかい」

「元凶だけなら、あんたが全部悪いだろう。カーボンはあんたに導かれなかったら、そもそも統和機構にさえ入っていないんだから」

「おやおや、ずいぶんと大ざっぱにまとめるね。まあ否定はしないが」

「悪い、と認めるわけか」

「君はどうだい、ギノルタ・エージ――君は自分が悪であることを受け入れているのか？」

「善悪の判断はしないし、その意味も求めないな」

「やれやれ、君らしいね。そして、実に〝統和機構〟らしい。君は、今まで人類の敵たるMPLSを一度も倒したことがなく、その使命の遂行にまったく貢献したことがないくせに、いや、だからこそ誰よりも機構そのものを象徴しているね」

謎めいた言葉に、ギノルタは眉をひそめた。ムビョウは肩をすくめて、

「統和機構って、何だと思う？」

と訊いてきた。ギノルタが無言でいると、返事を待たずに、

「世界というのは、なんでできていると思うね？　統和機構は文字通りに世界を支えているわけだが、それは何によって構成されているんだろうか」

「…………」

「君は知っているよな。考えたことがない、ということはなく、誰よりもそれを知っていて、その無駄な重たさを常に背負っているんだから」

「…………」

「世界というのは常に危機に瀕している。一見安全に思える状態でも、その陰にはいつだって凶暴で残酷な現実が待ち受けているんだ。大型で強大な肉食獣に捕食されるかも知れ

なかった原始人の頃から、人間はずっと危機にさらされ続けている。なによりも他の人間が信用ならない。いつ誰に寝首をかかれて、利用されて、踏みにじられるかわかったものではない——しかし、それでも一人では無力なので、他の皆と一緒に生きていくしかない。どうやって？」

「…………」

ギノルタが何も言わないので、ムビョウはまたデューポイントに視線を向けて、

「君はどうかな。そういうことを考えたことがあるかな」

と訊いてきた。

「あの——」

彼が答えかけたところで、ギノルタが強い声で、

「だから、おまえは判断するなと言っただろう——このウトセラ・ムビョウの言葉をいちいち受け止める必要などないんだ、おまえは」

そう制してきた。ムビョウは吐息をついて、

「ずいぶんと厳しいね。君は部下にも、君みたいな姿勢でいることを強制しているのかい」

「無駄を省いているだけだ。考えても考えても、どうせあんたの口車に乗せられるだけなんだからな」

「別に、僕は君にだって何かを押しつけたことはないと思うがね――まあいいさ。今は君に質問していたんだから、答えてもらえれば。君は世界をどう捉えている?」

「俺には意見などないが――あんたが言いたいことはわかる。そう――世界は〝妥協〟で構成されているとか、そういうことを言わせたいんだろう」

「うん、おおむね合っているね。そんなところだ。人間に限らず、すべての生命というのは、本質的に冒険主義であり、刹那的であり、新しい領域に出ようとする傾向がある。化学反応の気まぐれで、ただの泡が細胞の原形質に変わったときからずっとそうなんだ。だが同時に、それは容赦のない現実に蹂躙されて跡形もなくなる危険と隣り合わせでもあり、実際にほとんどの生命はそのまま消えていく。残っているのは、たまたま運がよかっただけの、わずかな適応者だけだ。そして生き延びることができた彼らは、今後はもう冒険しようとはしなくなる。自分たちが切り抜けられた幸運に、その段取りにしがみついて、他のことを排除するようになる――そう、新しい未来を目指すことを放棄して〝これで充分〟と思うようになる。君の言うところの〝妥協〟を基本原則として生きるようになる」

「だからなんだ。嫌な気持ちになってろ、とでも言いたいのか」

「いやあ――ただ、そこには無理があるな、って話だよ。そもそも生命の出発点が、可能性の追求なのに、生き延びるためにはそれを抑圧しなければならないというんだからね。

まさに、君たち監察部門の立場だ。統和機構の中にあって、味方を抑圧して制限をかけることが仕事なんだから。生き延びるための必要悪ではあるが、しかし〝それではなんのために生きているんだろう〟という問いには、決して答えられない立場だ」

ムビョウはかすかに微笑しているような表情になり、そして訊いてきた。

「エージ、君もカーボンとはそれなりに交流があっただろう。任務が相当に被っているからな。彼は、君にはどういう態度で接していたんだい？」

「そんなことを訊いてどうする？」

「自然な問いだと思うが──私は、カーボンとはかつて個人的な友人でもあったし。彼のことは気に病んでいるんだ」

「そういう偏向は、あんたらしくないが。誰の味方もしないんじゃなかったのか」

「彼はもう〝味方〟じゃないんだろう？　だったらいくら心配しても、それはもはやエコヒイキとは言えないはずだ」

「そういう建前を言っているんじゃない──あんたが誰かに入れ込むというのが、やや不自然だという話だ。それは困る。あんたは超然と、誰に対しても公平でなければ」

「おやおや、君もミナト・ローバイのように現在の僕のあり方を危惧するというのかな」

「その必要はないと思っていたんだがな。考慮しなくてはならないというのならば──」

「おいおい、睨むなよ——らしくないのはどっちかな。君こそ、誰の立場も顧みず、ただひたすらに機構の安泰だけを目指すんじゃなかったのか。ローバイになびくなんて、最もあり得ないだろう。ていうか、そもそも君がわざわざ僕のところに来るのも、不自然と言えば不自然じゃないのか？　監察部門のトップが、製造人間たるこの僕と接触を持つというのは、なにやら危険な兆候と見なされてもおかしくないんじゃないのか。君はそういうことには人一倍敏感なはずだろう？」

「何が言いたいんだ？」

「これは真剣に訊くんだが——カーボンを裏切らせた〝犯人〟は君じゃないのか、ギノルタ・エージ」

＊

静寂が落ちた。ギノルタは言葉に応答せず、デューポイントは絶句していて、ムビョウはじっと相手を見つめている。

一分近く、沈黙が続いた。やがてムビョウが呆れたように、

「少しは動揺してくれ。怒ったり、否定したり、あるいは悪役らしく高笑いして、バレたからには生かしておけないな、みたいなことを言ってくれ。相変わらず、君は何を考えて

いるのか全然表情に出ないな」

「必要ないからな」

「それは何が必要ないんだい。君が〝犯人〟だったとして、それを僕に指摘されても意味がないということかい」

「仮にそうだったとして、あんたは何もできない。職種が違う。たとえカレイドスコープにそう告げたとして、ヤツも反応に困るだろう」

「なるほどね。彼としては、僕がそんなことを言い出したことの方が大問題で、カーボンどころではない、か。で、結局どうなんだい。君が犯人か？」

「さあな。少なくとも、あんたにその真偽を教える必要はないな」

「疑われていようがどうしようが関係ないってことかい。さっきは〝嫌な気持ち〟とか言っていたが、君自身は他人にどう思われようが、なんとも感じないみたいだな」

それはひどく冷え冷えとして、なんの許し合いもない会話だった。あらゆる人間の会話にあるはずの関係性の構築というものを、端から放棄していた。

「僕がどうしてそう思うのか、一応説明しておくが――まず、君はカーボンとは仕事上で直接的な関係がある。カーボンが発見した裏切り者を君が始末する、という一方通行の関係だ。階級的には下のはずの相手から指示されているような形で、君がこれを疎んじていても不思議ではない」

「なるほどな」

「いや、もしかするとさらに深刻な心理状態なのかも知れない。君はその投げやりな態度の裏に、自分に対しての深刻な不安を抱えていて、その弱い部分をカーボンが刺激してしまっていたのではないか」

「ふむ」

「君には情報収集系の能力はない——いくら君の〈ノー・ブルース〉が恐ろしいパワーを持っていても、他人の心の内を測ることには全く役に立たない。君は自分が殺している裏切り者たちが、ほんとうに裏切っていたかどうか、確認することは決してできないんだ。しかし、カーボンはそうではない。それが正しいかどうかはわからないが、少なくとも彼の感覚では、きっと裏切っている心理というものが実感として摑めるのだろう——そのことが羨ましくて、そして妬ましかったのかも……という仮説は成り立つよね」

「どうかな」

「そして君がその気になったら、いくらでもカーボンを追い詰めることは可能だ。彼からの報告や、彼への情報伝達を少しばかり操作するだけでいい。彼は呼び出されたことを知らずに、重大な規約違反を犯したことにされ、そして逃げるしかなくなる。監察部門がその気になったら、罪のないものを貶めることは容易だ」

ムビョウは淡々と言葉を並べているだけで、そこには糾弾する響きは皆無だ。そして言われているギノルタの方も、

「それは可能だな」

と、反論すらしようとしない。

ふたたび沈黙が落ちた。

しばらく静寂が続いたが、今度はギノルタの方が先に口を開いた。

「ウトセラ——ひとつだけ引っかかることがあるんだがな」

「なんだい？」

「あんた、カーボンのことを気にしているとか言っていたが……それは本音か」

「どういう意味だい？」

「いや、本心なのはそうなんだろうが……それ以外にも、もっと気にかけていることがあるんじゃないのか」

「ほほう——いや、君がミナト・ローバイと会ったと聞いてから、その話題を持ち出してくるのは予想していたがね。あれだろ？　カーボンがこの土地で会っていた人物は、僕だけではない、ということだろう？　そう——彼は偶然、僕と同居しているコノハ・ヒノオ

とも遭遇している――」

「あんたは、どうしても俺が、カーボンを裏切らせた犯人を暴くつもりがないということにしたいようだが……それは、ヒノオ少年に対しての監察部門の追及を避けたいから、じゃないのか？」

ギノルタの問いに、ムビョウは肩をすくめて、

「もしそうだったとして、僕にそれを止めることができるのかな。職種が違う、と言ったのは君だろう？」

と、やはり冷静そのものの態度で言う。そして、ずっと横で話を聞いていたデューポイントに視線を移して、

「さあ、今だよ――仕事の時間だ。僕は嘘をついているかどうか、判定してくれ」

と言った。

「――――」

デューポイントが何も言えずに困惑していると、ギノルタは、ふう、と息を吐いて、

「もういい――あんたの話につきあっていると、やはり混乱が深まるだけだ。今までの話は聞かなかったことにする」

と言って、席から立ち上がった。その背にムビョウは、

「なあ、エージ——君はどこにいる?」

と奇妙なことを訊いてきた。

「…………」

「君は自分の仕事が好きか、嫌いか? 自分こそが世界を支えているのだと自負しているのか、それともすべて無意味で、是非も何もないと思っているのか。どの立ち位置にいる?」

「…………」

「ポジティブな思考とネガティブな現実と、その二つを同じくらいに捉えて、ぶつけて相殺させれば、その真ん中で何も考えないでいられる、と——そう信じているのか?」

「…………」

「だとしたら、それは不可能だよ。生命の本質は、常に動き続けて、決して停まれないということだ。その前にはつまらない妥協やら計算などたやすく崩れ去る。無駄な抵抗だよ」

ここで立ち去ろうとしていたギノルタは足を止めて、ムビョウの方に振り返って、

「計算など、無意味だ——次々と現れる危険にひとつひとつ対応するだけだ。あんたはまるで、我々の意思で世界を左右できるようなことばかり言うが——それこそ無駄な抵抗だ。世界は危険で満ちていて——我々に選べることなどほとんどない。違うか?」

そう言われて、ムビョウはそれまで浮かべていた皮肉っぽい笑みを消して、

「ああ――できるじゃないか、正直に話すことが。君は怖がっているんだ。それを素直に認めることが、君の出発点なんだよ」

真顔で、相手の目をのぞき込むように見つめながら言った。

「君は〝親に怒られるかも〟とクローゼットの中に隠れている子供なんだ。いい加減、そこから出たらどうだい？」

これにギノルタは、まったく表情を変えず、暗い顔のまま、

「クローゼットの外には何もないし、叱ってくれる親も存在しない――あんたこそ、そろそろ目を覚ませ」

と言って、今度こそ振り返らずにムビョウの家から外に出て行った。

＊

その子供は、どこにでもいるような、おとなしそうで線の細い、ごく普通の少年にしか見えなかった。

とぼとぼとした足取りで、ひとり帰宅途中の彼を、物陰からギノルタとデューポイントはこっそりと観察している。

「…………」

「特に、変わったところはありませんね――情報通りに、何の能力もないみたいですが」

「…………」

「なんであんな子供に、ミナト・ローバイもウトセラ・ムビョウも執着しているんでしょうね。我々は、どちらの立場であの子供を尋問すべきでしょうか」

「…………」

「あの――」

少年が通りの角を曲がって、視界から消えそうになったので、デューポイントは追いかけようと一歩前に出た。そこで、

「もういい――例の場所に行くぞ」

と制された。え、と顔を向けたら、ギノルタはもう背を向けて歩き出しているところだった。

「あ、あの――尋問は」

「必要ない」

そっけなく、説明もしない。重苦しい空気のまま、二人は市街地から離れて、郊外の森へとやってきた。そこはフォルテッシモがカーボンを見失ったという場所だった。

　しかし、戦闘があった形跡もなく、森は極めて穏やかで平和な様子だった。問題の場所はその中の原っぱだが、どこが肝心の地点なのか、区別はつかなかった。

「戦いもせずに、ただカーボンを逃がしたのか――フォルテッシモらしくないが、さて」

　とギノルタが周囲をうろつき回っているのを、デューポイントはしばらく眺めていたが、やがて――彼の手が懐に差し込まれた。

　そして出したとき、その手にはつや消しのコーティングがされた拳銃が握られていた。

　無言で、ギノルタの後頭部に狙いをつける。

「対合成人間用徹甲弾か――」

　ぼそり、とギノルタが呟いた。見抜かれて、デューポイントは眉をひそめたが、すぐに、

「さすがに鋭いな」

　と不敵ににやりと笑った。これまでの控えめな態度が消え失せていた。

「しかし、この場所に来たのは間違いだったな。自分から殺してくれと言っているようなものだ」

　言いながら、デューポイントはじわじわと間合いを詰めていき、狙いを絶対に外さない間合いまで到達する。

「おまえも間抜けだったな、ギノルタ。まさか事件の調査に同行させていた部下が、その

真犯人だったとはな。これも運が悪かった、ということなのかな」

「…………」

ギノルタは動かない。振り向こうとすらしない。デューポイントは苛立って、

「こっちを見ろ」

と強い声を出した。言われるままに振り向く。その顔は相変わらず、うっすらと不機嫌そうで、困ったような眼をしている。動揺しているようには見えない。

「どうして、と訊かないのか？」

「何をだ」

「だから——なぜ私がカーボンを裏切らせたのか、疑問に思わないのか？　一切関係のなかったはずの私が、とな」

「…………」

「だが、今おまえがこんな風に簡単に破滅したことで、私の正しさが確信できたな——やはり先回り先回りで手を打って正解だったよ」

「…………」

「おまえは今、冷静なふりをしているが……私にははっきりと感知できるよ。おまえの不安がな。そして私のこの鋭敏さは、我ながら尖りすぎたと思っている。いつ危険分子扱い

されて、統和機構に消されるか——特に私が警戒させられたのが、カーボンだったんだ。噂を聞くだけで、ヤツがどれだけ優秀か思い知らされた——そんなヤツと直に対面することになったら、私の秘められた機構への恐れまで暴かれるのではないか、と——それを防ぐために、私は一面識もなかったヤツを貶めて、裏切り者に仕立て上げたんだよ」

「…………」

「そして今、絶好の機会が訪れた——あのウトセラ・ムビョウというのが何者なのか、私にはわからないが、とにかく要人なんだろう？　そんなヤツがよりによって、あんたを犯人だと疑ってくれた——この好機を逃す手はない。あんたは錯乱してウトセラを暗殺しようとして、そして私はやむなくそんなギノルタ・エージを射殺するしかなかった——というシナリオが成立する。これで万事うまくいったわけだ」

「…………」

「どうした、生命乞いでもしたらどうだ？　あんたの恐怖は、私には感知できているんだぞ？　そんな冷静さを装っても、明確に——」

とデューポイントが言いかけたところで、ギノルタは、ふう、と吐息をついて、

「いや、違う——おまえじゃない。俺が不安に思っているのは、カチューシャの方だ」

と、唐突によくわからないことを言った。

「？　なんだって？　カチューシャ——？」

「いいから、撃て——いつまで引っ張る気だ？」

ギノルタの声には、明確な怒りと威圧がこもっていた。

（————？）

デューポイントは混乱したが、しかしやることは変わらない。もう少しいたぶって、長年の憂さを晴らしてからと思ったが——と引き金にかけた指先に力を込めようとして——

しかし、間に合わなかった。

次の瞬間、森が爆発した。

彼らがいる場所だけではなく、その周辺がいっぺんに爆炎と衝撃に蹂躙された。続いてしゅるしゅるしゅる、という空を切る射撃音が響いてきた。花火を見た後で地上に音が届く現象と同じだった。

無差別攻撃型の戦闘用合成人間カチューシャの能力〈オルガン〉による遠距離砲撃だった。

それは広範囲にわたって、そこにいる者たちを見境なく焼き尽くし、粉砕する——危険なものを大ざっぱに、とにかく片付けてしまうために生み出されたパワーだった。

あまりの爆風は、巻き起こった炎もまた、すぐに消してしまった。煙がぶすぶすとくすぶる大地から立ち上っている。

あらゆるものが撃ち倒されてしまっている風景の中で——ひとりだけ、立ったままそこにいる。

「…………」

ギノルタ・エージだけは、一瞬前と変わらない姿で、平然としていた。服に焦げ目さえついていない。多少髪の毛が乱れているのは、爆風のためなのか、それともその肉体から発せられて、衝撃波を跳ね返してしまった何かによるものなのか。彼は懐に手を伸ばして、携帯端末を取り出す。回線をつないだままにしていた相手に向かって、

「何をもたもたしていた、カチューシャ——デューポイントが怪しい動きをしたら、すぐに撃てと前もって命じていただろう」

〝い、いや……申し訳ありません〟

「とにかく、こっちへ来い——おまえの攻撃は散らかりすぎるのが欠点だ。後始末をつけろ」

〝わ、わかりました。すぐに向かいま……〟

そして、ギノルタは相手の返事を待たずに、通話を切った。

周囲を見回す。かなり離れたところに、吹っ飛ばされたデューポイントが転がっていた。

もはや真っ黒に炭化してしまっていて、それが寸前には生きて動いていたということが

信じられないくらいだった。

「…………」

見ているだけで、ギノルタは動かない。ただぼんやりと立っている。そして数分が過ぎて、やっとその場にカチューシャが到着した。彼女は戦闘力の強大さに反して、小さな少女の姿をしているために、基本的に足はそれほど速くない。

「お、遅くなりまして――」

「とりあえず、付近を調査しろ――近くに隠れていたヤツがいなかったかどうか、デューポイントに仲間がいたのか、確かめないと」

「わかりました。しかし――さっきの会話からは、単独犯だったようですが」

「それがどうした？　おまえの攻撃前には、周囲に心臓音はなかったが――何らかの形で隠蔽していたかも知れない。とにかく確認するんだ」

「了解しました――あの、ひとつ訊いても？」

「なんだ」

「どうしてデューポイントが怪しいと思ったんですか？　私も調べましたが、彼には不審な点は全くありませんでしたが――」

「別に、何もない。ヤツ本人を怪しいと思ったことなど一度もなかった」

「ウトセラが言っていたように、監察部門なら簡単にカーボンを追い詰められる、それだけで充分だろう。容疑者を絞るには」

「でも――」

さらりとした口調で、とんでもないことを言う。カチューシャは戦慄した。

（つまり――この男は、自分の部下たちを、私も含めてその全員を疑っていて、いざというときにはいつでも始末できるように準備していた、というのか――私自身も、今――誰かから狙われているのか？　それとも――）

ギノルタ自身が、彼女を殺せるように呼び出したのだろうか……それは恐ろしい想像だった。

（ううう……）

余計なことを考えてしまって、不安になったカチューシャはそれをごまかすために、別の話をする。

「し、しかし……これからの説明が面倒そうですね。監察部門内の内紛と疑われてしまうし、デューポイントを捕らえられなかったのか、とかミセス・ロビンソンあたりに詰め寄られるかも知れないし――」

デューポイントの無惨な死体を見ながら彼女がそう言うと、

「何を言ってる。ヤツは攻撃してきたから、やむなく始末した、という動かぬ事実があるだろう」

「でも、ヤツは一発も撃っていません。私がその前に吹っ飛ばしてしまったから――」

「何の話をしている？」

「え？」

「ヤツは撃っただろう――危ないところだった」

その言葉に、カチューシャは彼の方を見た。

そして――絶句する。

ギノルタの頭から、血がだらだらと流れ落ちていた。さっきまで無傷だったはずなのに――そして、彼は死体の方を指さして、

「ヤツが持っている特殊拳銃から発射された徹甲弾の傷だ――かすめてもこの威力だ。まぎれもなく正当防衛だ。違うか？」

「う――」

カチューシャは死体に視線を戻す。その黒焦げの腕に、さっきまで持っていなかったはずの――吹っ飛ばされてどこかに行ってしまっていたはずの拳銃が握られていて、その銃口からは硝煙が立ち上っている……あの爆発の中で、その銃だけが不自然なまでに残って

いる。その〝証拠〟だけが——。

（な——なんだ、これは……？）

カチューシャは混乱した。そんな馬鹿な。確かに自分は、デューポイントが撃つ前に攻撃していたはずだ。携帯端末の回線を通じて状況を常に摑んでいたのだから——それに、仮に撃たれたとして、ギノルタの身体に傷などつくのだろうか……いや、問題はそんなことではなく、

（わ、わからない……なにがなんだかわからない……私は確かにここに来て、状況を確認した……なのに今、それがすっかり変貌している……改変されている……事実がねじ曲がって……捏造されている——）

これが、統和機構の中でも〝不死身〟のカレイドスコープと並び称される、ギノルタ・エージの能力〈ノー・ブルース〉なのだろうか？

これは果たして、調整され、制御しうるものとして扱われている合成人間の能力といえるのだろうか？　もはやこれは、人類を滅ぼしてしまうというMPLSのそれと、ほとんど同じくらいに〝危険〟なのではないだろうか——しかし、

（ひとつだけ言えることは——デューポイント、おまえは大馬鹿だった——何も知らずに、こんな相手に喧嘩を売って、それで助かると思っていたのか……まったく冗談じゃない…

……私は御免だ。絶対にこんな目に遭ってたまるか……死んだことさえ〝真実〟にならないなんて――)

カチューシャは必死で動揺を押し殺した。そして、

「でも、これでカーボンを追いかける必要はなくなりましたね。フォルテッシモに早く情報を伝達しないといけませんね」

と成果を誇るようなことを言ってみた。しかしこれにも、

「その必要はない」

と冷たい声が返ってきた。

「え？」

「カーボンは裏切り者だし、デューポイントは突然に錯乱して俺を撃ってきた――それが〝事実〟だ。カーボンの裏切りによってすでに事態は動いている。今さら間違っていたことにしても、何の意味もない――ヤツにはこのまま消えてもらう。それが最も世界が安定する選択だ」

「………………」

カチューシャは、陰から盗聴していたウトセラ・ムビョウの言葉を思い出していた。

〝どうかな……君はもしかして、わざと彼を追い詰めた犯人を捕まえないつもりなんじゃないのか？〟

あの男は正しかった。見事な洞察力だった。だが――もはやその正しさに未来はない。

「――了解しました。そのように処理します。仮にデューポイントに仲間がいたとしたら――わかっていますとも」

カチューシャの言葉が終わる前に、ギノルタは歩き出していた。

頭からはだらだらと出血が続いていて、それが地面にぼたぼたと垂れていたが、ぬぐうことさえせずに、彼は焼け焦げた荒野を進んでいく。

煙の隙間から傾いた陽が差してきたが、眼を細めるでもなく、顔を背けるでもなく、困ったような、追い詰められたような顔をして、勝利も敗北も得ることのない相殺人間は何処かへと去って行った。

"The No Blues Man" closed.

憎悪人間は肯定しない
No-Man Like Yes-Man act 5.

その対話が行われたのは、もう遠い過去のことになる。

「先生、どうしてぼくなんでしょうか……他にも先生の治療を受ける必要がある患者はいるはずなのに、どうしてぼくが〝薬品〟治験者に選ばれたのですか？」

「ああ——そうだね……怖いかい？」

「いえ。そうではありません。ただ理由が知りたいだけです。ぼくにはなにか特別な理由があるのでしょうか？」

「君は、私にとっては十三番目の実験対象者だ。そういう意味では特に見るところはない」

「そして、これまでの人たちは皆、失敗したのですね」

「その通りだ。だから君も、正直言ってどうなるかわからない。断ってもかまわないんだ」

「でも、なんらかの希望はあるのでしょう？　ぼくはこれまで、まったく先のない人生でした。それが変わるのならば、賭けてみるのも悪くないのでは、とも思います」

「それは本音かい。違うんじゃないのか」

「どういう意味ですか？」

「君は、私のことを考えて、断ると色々と迷惑をかけてしまうのではないか、と思って、それでそんなことを言っているんじゃないのか」

「ぼくは先生が好きですから、そういう気持ちもないとは言えませんが、しかしどちらにしても同じことでしょう？」

「……君は相変わらず落ち着いているね。僕が何を言っても、それをそのまま受け入れることなく、自分の意見を言う。だがそれは、いつだって実際は、こっちの意見をより明瞭にする作用しかしないんだ。君自身の意思はどこにあるんだ？　僕の望むように行動して、その君はほんとうは何が言いたいんだ？」

「先生――」

「ああ――すまない。君に迫ったってなんにもならないというのに。そうとも。こんな僕こそが、いったい本当は何が言いたいというのだろう。自分のことさえも把握できない男が、弱り切った病人の子供相手に大声を出したりして、なんて情けないんだ――何を受け継げというんだ、こんな、何の展望もない世界の中で――」

「先生、ぼくは頭がそれほど良くないので、先生の言ってることは正直、よくわかりませんが――それでも、誰とも仲良くしたりすることもほとんどなかったぼくにとって、先生とのお話はとても楽しいものでしたよ。そう、失礼かも知れませんが、ぼくは先生を友達だと思っています。孤独から救ってくださったんですよ」

「ありがとう。僕も君には個人的な友情を感じている。そう言ってくれることは、とても嬉しい。しかし――それでも僕ではないんだろう」

「え？」

「君を救うことができる者は、僕でも統和機構でもないんだろう――君の置かれている立場はあまりにも複雑だ。君に未来があるとして、それは現在、世界に用意されている何物でもなく――まったく異質で馬鹿みたいな、何の力もないはずなのに何故、としか思えないようなものに違いない……」

緊急人間は焦らない
"The Emergency Man"

『世界に満ちている憎悪に対抗するには、真摯さは時には邪魔になり、むしろ度外れた無神経さが必要かも知れない』

——霧間誠一〈闇のない暗黒〉

1.

「なあ、あんたら合成人間っていうのは、自分たちのことをどう思っているんだ?」

その男は背が小さく、顔が青白く、眼ばかりがぎょろりと大きい。

「他の人間たちはみんな、何の能力もない無能ぞろいだと思っているのか。自分たちはそんな間抜けどもを導いてやっているんだと、そんな風に感じているのか?」

「いや――正直言って、自分たちの能力なんて、大して役に立たないくせに、制約ばかりが多いってうんざりしているんだよ」

「本当か?」

「そうとも、ジィド――おまえみたいに、機構の事情をよく知っている普通の人間の方が、よっぽど楽しい人生を送れると思うよ」

「普通、か。俺様は普通か？」

「あんたのような、機構に大っぴらにできないことを抱え込んじまった合成人間を助けられるほどの才覚を持っているこのジィド様が、普通の、凡庸な並の人間たちと同じだと、あんたはそう思っているのか？」

「…………」

絡まれている男が押し黙ってしまうと、青白い男はにやりと笑って、

「まあ、意地悪はこのくらいにしておくか。仕事の話に戻ろう」

と言った。

ジィド――本名や出自、年齢などが一切不明のこの不気味な男は、いかなる組織にも属していないが、あらゆる相手から依頼を受けることで知られている。泥棒であり、暗殺者であり、間諜であり、傭兵であり、そのどれでもない万能職業者であった。かつて統和機構から依頼を受けたことがあり、そしてそれ以来、機構の中でも一部の者たちの間で噂となっている。

〝ヤツに頼めば、なんとかなる――〟

そのことから、ジィドは陰で〈緊急人間〉と呼ばれている。合成人間でもない普通人な

のに、特殊な能力など何も持っていないくせに、世界中の誰にもできないことをやってのけるフリーエージェント——究極の一匹狼だった。

「で——あんたが協力していたっていう、そのデューポイントって男がどうしていきなり上司を撃ち殺そうとしたのか、その見当はつかないのか？」

「当たり前だ！　だいたい、あいつが取り乱したりしているところなんか、一度も見たことがない！　どう考えてもおかしいんだよ！」

「しかし、そういうことになってしまったんだろう。いくら後からどうこう言ったって今更なにも変えられないんだろう？」

「ああ——そうだ。それで追い込まれている」

「デューポイントがやらかしてくれたおかげで、今後ヤツのことを調べられたら、あんたとヤツがつるんで不正に利益を得ていたこともバレてしまう、ってことか」

「不正なんかじゃない！　ただ——ただちょっとだけ、上の裁定を仰ぐタイミングが遅れていただけだ。別に俺たちは、機構に逆らおうなんて、そんな大それたことは考えていなかったよ」

「なるほど、その言い訳を機構が聞き入れてくれればいいのにな」

「ううう……」

「それで、ピッチフォーク——あんたの依頼は、自分とデューポイントの関係を示すあらゆる証拠の抹消か？」

「ああ。全部ヤツがやっていたことにしてくれ。相棒が必要な状況では、誰か別の者がやっていたことにしてくれ。できるんだろう？」

「まあ、仕事だからな——しかし、それだけでいいのか？　デューポイントが無実だとしたら、誰にハメられたのか気にならないのか？」

「い、いや——それは」

「突きとめてやってもいいんだぜ？　その分の報酬をさらにはずんでもらうことになるが——」

「やめてくれ！　ただでさえ、おまえにこんなことを頼んでいることが知られたら危険だというのに、余計なことには首を突っ込まないでくれ！」

「俺様が信用できないか？」

「そういう問題じゃない……なあ、困らせないでくれ。ぎりぎりのところなんだよ。無駄なリスクは極力避けたいんだよ——」

「ふん——つまらんな。それでも常人を超える能力を持つ戦闘用合成人間なのか？　もっと勇敢かと思っていたぜ。仲間の仇を討たないのか？」

「なんとでも言ってくれ——」

「まあいいさ。それで——デューポイントが最後に就いていた任務の内容はわかっているのか？」

「ああ——カーボンという裏切り者と、それに関わった可能性のある連中の調査だったらしい。なんか末端の研究員だったかな。そいつを調べるって教えられたのが、最後だった」

「研究員？　学者先生か？　合成人間じゃないのか」

「特に何も言っていなかったから、そうなんだろう——名前は、ウトセラ・ムビョウとか言ったな……」

＊

その日——ヒノオが犬の散歩に出ているとき、警護役のアララギは異変を察知した。

（なんだかわからないが……何か妙な感じがする——）

彼女が突然黙ってしまったので、それまで会話していたムビョウは訝しんで、

「どうかしたのかい？」

「ムビョウ——あなたは地下のシェルターに避難してください」

厳しい口調で言う。ムビョウは顔をしかめて、

「僕にはなにも異常は感じられないが――」

「いいから、急いで」

「わかったよ――君はどうする」

「周囲を探ります」

「いや、この場合は君も僕と一緒に行った方が――」

「早くしてください」

「……やれやれ」

ムビョウはソファから立ち上がる。アララギは彼の避難を確認してから、ひとりで違和感のする方向へと進んだ。

(庭の方か……？)

しかし異変と言っても、それはごくささやかで、圧迫感のような迫力はまったくない。それでも彼女に与えられている任務は〝ウトセラ・ムビョウをあらゆる危害から守る〟というものなので、考えすぎという発想はない。

(匂いではないし、認識はできないが――音なのか？)

そういう予測をつけた。聞き取れないほどのかすかな足音を、気配として察知している

のだとした。

　自分は完全な無音で、気配を消して、その違和感の元へと接近していく。庭の奥からその感触は伝わってくるようだ。

（ドアか窓を開けなければ接近できない——近づくのを待ち受けるか、それとも壁越しに奇襲するか——いいや、ここは）

　アララギは思い切って、何のひねりもなく、窓ガラスを身体で突き破って外に飛び出した。自分をまず攻撃させることで、敵の位置を把握するつもりだった。

　しかし——彼女が庭に降り立っても、なんの変化もない。

　顔を上げて、周囲を見回す……そこで顔が強張る。

　庭の隅の方で、かさかさ——とごくわずかな音を立ててうごめいていたのは、風で飛ばされてきたと思しき、ありふれたビニール袋の丸まったゴミだった。

（これは——）

　彼女は一瞬、自分の思い過ごしだった、恥ずかしい——と考えかけて、そしてぎょっとなった。

（いや——そんな馬鹿な。私が感じるか感じないか、そのぎりぎりの際すれすれの音を立てるゴミが、たまたま入ってきたというのか？）

彼女はあわててきびすを返して、屋内へと戻った。

そして——開きっぱなしになっているシェルターの扉を発見した。中を覗き込むまでもなく、それが空っぽになっているのはわかっていた。

(あ、あり得ない——私が彼から離れて一分と経っていないぞ？　どうやってムビョウを跡形もなく消すことができたんだ——？)

それより何より、今のこの状況下には——特殊能力による違和感がまったくなかった。大勢の合成人間たちと戦ってきたアララギが感じられる気配がまるでなく、そしてかつて彼女が遭遇した、本物のＭＰＬＳによる異変とも、今のこれはまったく似ていない。

(これでは、まるで——手品みたいだ)

箱の中から美女を消してみせます——とかいうありふれたマジックのようだ……アララギは茫然としつつ、そう思った。

2.

散歩の帰り道で、犬がいきなり立ち止まった。

「どうしたの、モロボ？」

ヒノオが呼びかけても、犬は応じずに、

「ぐるる……」

と低い声で唸りながら、前方を凝視している。

ヒノオもそっちの方を見る。

歩道沿いのブロック塀に背を預けて、腕を組んで、一人の男がぼーっと立っていた。前にも会ったことのある男だった。紫色の、学ランのような服を着ている。

「あっ――あの人は……」

ヒノオが男に気をとられた瞬間だった。犬が突然にくるっと後ろを向いて、そして全力で走り出した。

ヒノオが握っていたリード紐はあっさりと引き剝がされて、犬は逃げて行ってしまった。

「ああっ――」

慌てたヒノオが犬を追いかけようとしたところで、その肩をいきなり、がしっ――と強い力で摑まれた。

「なかなか賢い犬だな――俺に接近することを、本能的に忌避したらしい」

一瞬前まで離れたところにいたはずのその男は、今ではヒノオのすぐ横まで来ていた。

その声は、以前と同じように、少年のそれのようで、しかし決定的に子供っぽい幼さが欠落している、鋭すぎる響きを持っていた。

「ふ、フォルテッシモ、さん……？」

最強、と呼ばれているらしいその男とヒノオが会うのは、これで二度目であった。

「おまえに用がある——ちょっと話をしたいんだが」

「で、でもモロボが……」

「いや、あの犬は問題ない。あれほどの勘の良さがあれば、自力でも充分生きていけるだろうし、新しい飼い主だってできるかも知れない」

フォルテッシモはあっさりと言ったので、ヒノオはその意味を把握するのに少し時間がかかった。一拍おいてから、やっと、

「……え？」

と訊き返せた。フォルテッシモは無表情のまま、

「おまえがこれからどうなるかわからないが、あの犬はそれに巻き込まれずにすんだってことだな。いや、実に幸運だよ、あいつは」

と言った。

「………」

「で――何も知らないのか？」

「なんのこと？　何があったの？」

「ウトセラ・ムビョウが失踪した。誘拐されたと思われる。犯人は不明だ」

あっさりとした口調で言われる。ヒノオは絶句してしまったが、すぐにはっとなり、

「――アララギさんは？」

「あいつは監察部門によって、すでに拘束済みだ。報告してきた本人ではあるが、共謀した容疑者の可能性もあるからな」

「無事なんだね――よかった。でも、だったら――」

「そうだな。あの女は大して強くはないが、しかし無能でもない。さらったヤツはどうやってあいつの警戒を突破できたのか。それほどの凄腕なのか――しかし」

フォルテッシモは、ここで突然に不快そうに顔を歪めた。

「なんか気に食わん――どうにも感触が悪い。そうとも、統和機構にとっては重大事態で、だから俺が急遽呼ばれたりもしたんだが――この件には、俺を刺激するような〝におい〟がしない――」

「…………」

「俺は普段なら、誰の力も借りない。その必要がない。俺の直感はいつだって、敵の気配

を察して、すぐにそいつのところに向かうことができるからな……だが、どうにも最近は、その勘が鈍っている。カーボンがらみの任務を受けてから、ずっとモヤモヤしていて、いい加減イライラしてきている──」

「………」

「で──考えるのが面倒くさくなってきたんで、今回の件では、おまえを使うことにしたんだよ、コノハ・ヒノオ」

「……え？」

「おまえ、ウトセラとは親しいんだろう。ヤツがどこにいるのか、わかったりしないのか？」

「えええ？　そ、そんな無茶な──」

「きっとあるんだよ──ウトセラがおまえを側に置いている理由が。その逆に、おまえの方でもヤツのことを感じたりできるんじゃないのか、と思うんだよな」

フォルテッシモは真顔である。彼の論理は飛躍しすぎている上に、あまりにも独善的であったが、それ故に反論する余地がまったく見出せないのだった。

「………」

「なあ、ヒノオ──ウトセラを見つけてくれ。その居場所のヒントを俺によこせ。なあに、死ぬ気で集中すれば、きっとなにかインスピレーションが降りてきてくれるさ。おまえとウトセラの間には、余人では計り知れない絆があるんだろうからな、なあ？」

「…………」

＊

（…………あれ？）

ウトセラ・ムビョウは妙な息苦しさを感じて、そして自分が目を閉じていることに気づいた。

まぶたを開くと、そこには見知らぬ風景が広がっている。どこか安っぽいマンションの一室らしき天井が広がっている。

そして、自分は床に寝転んでいた。一瞬前まで、自分は家で、アララギに言われたように地下シェルターに降りようとしていたはずだったが……

（……これは――）

ムビョウは視線を巡らせた。するとさほど広くない室内の隅に、やたらと痩せて青白い肌をした、目つきのとても悪い男がこっちを見下ろしていた。

なんだか、憮然とした顔をしている。腑に落ちない、という表情である。

「――ええと、君は誰だい？」

とりあえずムビョウはそう訊いてみた。すると相手はますます嫌そうな顔になって、

「……おい、おまえが姿を消したら――誰が追いかけてくるんだ？」

と唐突に訊いてきた。ムビョウは少し沈黙したが、やがて、

「まあ、たぶんフォルテッシモじゃないかな？」

と言ってみた。すると相手の男は大きく天を振り仰いで、

「ああ畜生！　くそっ、ハメられた！」

いきなり嘆きだした。その率直で開けっぴろげな態度は、意味のない虚勢は張らないという男の性格を表していた。

ムビョウは、男のことを見つめて、そして、

「もしかしたら、だけど――君は〝緊急人間〟とか呼ばれている人じゃないか？　ジィド――たしかそんな風な名前だったか」

ずばりと言われて、ジィドは驚いた顔もせず、

「なんでそう思った？」

と訊き返してきた。これにムビョウは、

「まず特殊能力を使わずに、僕をあの家から連れ出せる者がごくごく限られているという

事実があるよね。そんな凄腕の人物がこれまで統和機構と無縁でいたはずがないから、一部で噂になっているその人である可能性は高い」

そう答えた。するとジィドは、かすかに眉をひそめて、

「特殊能力を使っていない、と、どうして決めつけられるんだ？」

「君がアララギくんをすり抜けて、僕をさらっているからだよ。彼女相手に完全に気配を消すには、特殊能力を使わないことが最も効果的だからね。そして隠すよりも、はじめから何にも持っていない人間の方が、その適性はより優れている」

「おまえ、自分が何をされたのか、わかっているというのか？　意識がなくても過去を反芻できる能力者なのか？」

「まさか。僕にはそんなものはないし、その必要もないんだ。単に今、僕が感じている多少の気分の悪さの質を分析すればすむことだ。やや頭が痛い——これは酸欠の症状だ。君は僕を気絶させるのに、二酸化炭素を使ったんだろう？　麻酔ガスですらないし、通常の大気にも大量に含まれているから毒とはいえないが、それでも高密度の二酸化炭素だけを顔面に吹き付けて、二、三回ほど呼吸をさせてしまえば、人は簡単に意識を失ってしまう。もっともすぐに周囲の酸素が混じってくるから、気を失っているのはほんの僅かな時間だけだ。君にはそれで充分だったんだろう」

「では、どうやって警護役の者の隙を衝けたというんだ?」

「まさに。そこが君が統和機構の合成人間たちに精通していると判断できる理由さ。アララギくんにはきわめて明敏な周囲への警戒感覚がある。どんな異変も逃さない集中力がね。だが——それが途切れてしまうときが、たったひとつだけある。それは——追跡しているときだ」

「————」

「君がどういう風に、彼女を引きつける罠を用意したのかはわからないが——合成人間が感じられるギリギリの気配を人工的に用意したんだろう。そしてアララギ君はそれを発見するために、その集中力のリソースの大半をそっちに向けてしまった——するとどうだ、すでにシェルターの中に潜んでいた君が、そこに入ろうとした間抜けな僕をあっさりと気絶させて、さらってしまうのに気づけなかったというわけだ」

「…………」

「君が気を遣ったのは、きっとアララギ君が僕と共にシェルターに入って内部の安全を確認してから、その上で迎撃に出るのではないかということだったろうが、それも僕らがかなり長い期間、あそこで暮らしているらしいことを確認して、そこに慣れと、そして効率化が済んでいると見抜いてしまえば、見極めるのは簡単だったろうね。なにしろ合成人間たちができないことでもなんでもやってのける〝緊急人間〟なんだから」

「…………」

「たぶん、君は僕のことをよく知らず、すぐに帰すつもりだったんだろう――何らかの取引か、情報収集をして、それでおしまいのつもりだった――そう、さらうときの手際の良さの割に、終わった後でどうなるか、ということへの計算と対策が少なすぎるからね」

ジィドは、自分が誘拐された時の様子をべらべらと得意げに推理してみせるムビョウを憮然とした顔のままで見つめていたが、やがて、はあっ、と大きなため息をついて、

「おまえ、なんなんだ――変なヤツだな。しかし――とてつもない重要人物であることは間違いない」

そう言った。ムビョウはこれに、

「さて、どうだろうね」

と言ってみたが、ジィドは鼻をふん、と鳴らして、

「しかも、とんでもない大物だ――デューポイントの汚職がどうのこうの、なんてケチな話ではとてもとても釣り合いがとれないヤツに手を出しちまった――いや、統和機構の権力争いの巻き添えを食ったのか。俺様ともあろうものが……くそっ」

「なあジィドくん、よかったらどうして僕がそんなに高く評価されていると思うのか、そ

の理由を教えてくれないかな」

「おまえが目を覚ました瞬間に、すぐに感じたよ。落ち着いているとか、肝が据わっているというのとは次元の違う顔つきを、おまえはしていた——自分がどうにかなるときは、周囲の物事が大きく激変してしまうことを知っていて、それをいつも警戒している——そういう眼をしていた。おまえ——自覚していたかどうか知らんが、俺様を見て、見覚えのない相手であることを認めて、そして——ほっとした顔を一瞬していたんだぜ。誘拐犯を見て、そんな顔をするヤツは、他にとんでもない既知の敵を多数抱え込んでいるヤツだけだ」

「ふうむ、素晴らしい洞察力と観察眼だね。それだけの才覚があったら、世界中のあらゆる物事は馬鹿馬鹿しく愚かに見えて仕方がないだろうね」

ムビョウのやや挑発的な言い方に、ジィドは反応せずに、

「おまえ——さっきフォルテッシモが来るかも、とか言っていたが……その意味は当然、理解しているんだろうな」

「ああ。彼が来るということは、その周囲すべてが破壊し尽くされる可能性が高い、ということであり、それはすなわち、僕自身も一緒にやられてしまうことを意味している」

「おまえを始末したいヤツが統和機構にいて、そして今やそれは成功寸前ということだな。

そこで相談なんだが、ウトセラ先生よ」

ジィドは、ずい、と無遠慮に顔を近づけてきて、

「あんた――俺様を雇わないか？　今のままだと、俺様はあんたをすぐに処分して逃げなきゃならないが――正直、それは避けたい。ひとりでフォルテッシモを迎え撃つというのは無理がありすぎる。だから――あんたを俺様の味方にしたいんだが、どうだろう？」

と言った。にっこりと微笑んでいる。その笑みはどう見ても人好きのするものではなく、邪（よこしま）な思惑がダダ漏れになっている悪党のそれだった。ムビョウは肩をすくめて、

「ずいぶんと調子のいい提案に聞こえるが」

「臨機応変、と言ってくれ」

まったく悪びれることなく言う。ムビョウもかすかに微笑んで、

「それで、君は僕に何を期待しているんだい」

「主体的な〝釣り餌（え）〟――そんなところだ」

3.

「なあ、ヒノオ——おまえ、統和機構ってどう思う？」

フォルテッシモはどこか投げやりな調子で訊いてきた。しかしヒノオには、その言葉はろくに耳に入ってこない。

「……え？　なに？　なんか言った？」

彼は震える声で訊き返す。しかしその声も、周囲を吹き抜ける強風のせいで、自分の耳にさえろくに届かない。

彼ら二人は今——空中に浮いていた。

向かい合わせに立っている姿勢で、どんどん上昇している。

飛んでいる——それは正確な表現ではない。

彼らはフォルテッシモの能力によって、今、切り離されているのだった。

地球の重力から。

だから浮かび上がっている——慣性をそのままにしているので、いきなり宇宙に飛び出したりはしないが、しかし……公転の向きからずれ始めているので、じわじわと地上から引き剝がされているのだった。

「統和機構って、ほんとうに人類を守る気があるのか、疑問に思ったことはないか？」

フォルテッシモはポケットに両手を突っ込んで、だらりと脱力しているような立ち姿で、空中にいる。ヒノオはその下には何もない足がおぼつかず、全身が小刻みに震えている。

「わ、わかんないよ──」

ヒノオは逃げようにも、踏ん張るための足場さえない。いったいフォルテッシモが自分に何を求めているのかさえ把握できず、ただただ困惑している。

「だってそうだろう──生物はなんのために進化するんだ？　それはさらに未来へと生き延びるための試行錯誤だろう。しかし統和機構は、現在の人類を守るために、進化した存在を抹消するとしている──それってつまり、未来を消しているってことにならないか？」

「ううう……」

「そして、その道具に使っているのが、ムビョウが生み出す合成人間ときている。そうだ、要は出来損ないだ。中途半端で、あらかじめ危険なことにはならないって保証済みの二流品で、一流になるかも知れない未来を潰して回っているんだよな……これって正しいのか？　なあ、どう思う」

「ううう……」

「まあ〝そんなことは、ぼくには関係ありません〟か？　いや、別に俺だって、おまえがスッキリするような明確な回答をしてくれるとは思っていないが──しかし、ウトセラと一緒に生活してきて、さすがに少しは情が移ってきているんじゃないのか。そこでおまえの意思の問題だが、主体的か、受動的か――どっちだと感じている？」

「……？」

「つまり、だ――おまえは今、ウトセラに助けを求めたいのか、それとも自分がウトセラを助けたいのか、ということだよ。どう思う？」

「う――」

「ウトセラはどうやら誘拐されて危険な立場にあるみたいだが、おまえもそうだ――このままだと、おまえは成層圏を抜けて宇宙の彼方にすっ飛ぶ。絶体絶命だ。そんな中で、おまえはウトセラを〝なんで助けてくれないんだ〟と恨むか、それとも〝助けに行かなきゃ〟と思うのか――なあ、どっちだ？」

「……」

「ところで――進化ってヤツだが、どういうときにそれが生じると思う？　なんにもしないで、勝手に起きると思うか？　そうじゃないはずだ。環境に適応するために、必要に迫られて、やむにやまれず、無理矢理にでも絞り出すようにして、道をひらく――そういうものなんじゃないのか」

「……」

「なあ、ヒノオ——今、どんな気分だ。訳わからんこと言われて、詰め寄られて——その原因たるウトセラ・ムビョウのことを思うと——なにか感じないか？」

フォルテッシモは、淡々とした口調でヒノオに語りかけ続ける。

（ううう……）

ヒノオはほとんど思考停止状態だった。肉体的にもつらく、呼吸もだんだんできなくなってきているような気がした。頭がぼーっとして、そして……何気なく、左側に振り返った。

意図はなかった。なんとなくだった。目的もなければ、発作的な痙攣でもなかった。何を見るでもなく、視線を向ける——するとその瞬間、

「今——何でそっちを向いた？」

フォルテッシモが、またしてもヒノオのすぐ横に来て、耳元で囁いた。

「え——」

「なんとなくか？　意味はないか？　どうして見たのか、自覚できないくらいか——だが、そいつはおまえの無意識が〝なにか〟を察知したからじゃないのか？　ん？」

フォルテッシモは、乱暴にヒノオの首を後ろから、がしっ、と摑んだ。

そして——ヒノオが向いた方角へと、恐るべきスピードで飛んでいった。

(――――!)

ヒノオは息もできずに、引きずられるままに彼と共にこの〝水平に墜落する〟現象にさらされた。

しかし、それは十秒とかからなかった。フォルテッシモはすぐに地表に到達し、そして――その先にあった建物に激突した。

そこはウトセラの家からあまり離れていない、取り壊し予定の廃墟マンションだった。

その空っぽの部屋の、壁をぶち抜いてフォルテッシモはヒノオを掴んだまま突っ込んだ。床をも突き破るかと思えた次の瞬間、それまでの猛加速が嘘のように、ぴたり、と静止して、まるで一センチ程度のごく軽いジャンプをしただけ、みたいな動作で降り立つ。

誰もいない、無人の部屋だった。人がいたような形跡すらない。

「…………」

フォルテッシモは無表情である。そしてヒノオから手を離す。少年はくずおれて、ごほごほ、と咳き込みながらへたり込んだ。

「な、なな……」

ヒノオも部屋を見回すが、特に何も見いだすことはできない。彼は、やっぱり――と思いつつ、フォルテッシモの方をおそるおそる見上げる。

「…………」

彼は無言のまま、懐に手を入れる。そしてやや大きめのペンのような物体を取り出した。それはスプレーだった。中に入っている液体を微粒子にして、しゅーっ、と室内に振りまく。

するとと、床の一角に、人が横たわっているかのような染みが浮かび上がってきた。

「……？」

ヒノオが眉をひそめると、フォルテッシモは無表情で、スプレーをもてあそびつつ、

「こいつは統和機構が用意したものだ。その秘密は解明できなくても、それでも反応ができるように作られた薬品だ――ウトセラ・ムビョウの体液にだけ反応するように」

「え？」

「そうだ――ヤツは確かに、ついさっきまでここにいた。転がされていて、わずかに分泌されていた汗が、こうして床に付着していた――大当たりだよ、ヒノオ」

くるっ、と少年の方を向いて、そしてうっすらと微笑む。

「どうだ、俺の言ったとおりだろう？　おまえはヤツを感知したんだ。おまえが無能？とんでもない――おまえはただ、自分ができることは何か、それを見極めるのをサボっているだけなんだよ。ちょっと極限状態に置いたら、すぐにこうやって、結果を出してみせ

る――」

「さて――と」

「………………」

フォルテッシモは空になったスプレーを投げ捨てると、今度は携帯端末を取り出して、どこかに連絡し始めた。

「――ああ、痕跡を見つけたよ。発見は時間の問題だ。それで、連れてきていたコノハ・ヒノオはもう用済みだから、ここに置いていくぞ。誰かに回収させろ。俺は単独で目標を追う。以上だ」

通話を切って、ヒノオを見て、ウインクしてきた。そして指を唇に当てて、しーっ、と沈黙を求められる。

意味がわからず、ヒノオが眼をぱちぱちさせていると、フォルテッシモはすぐにでも出かけるみたいなことを言っていたはずなのに、床にあぐらをかいて座り込み、全然動こうとしない。

（……？　？　？……）

そして十数分が何事もなく過ぎてしまい、いい加減ヒノオがじっとしていることに苦痛を感じはじめた頃だった。

フォルテッシモが壁に開けた穴から、一人の男が音もなく滑り降りてきた。彼はヒノオを確認すると、いきなり飛びかかって拘束しようとしてきた……その襟首を後ろから摑まれる。

「よう、ピッチフォーク——そういう名前だったよな？」

フォルテッシモが男にそう呼びかけるのと同時に、たちまち侵入者は腕をねじ上げられて、床に組み伏せられていた。

「——がっ！」

「ずいぶんとお早い到着だな——それに、俺は支援班を呼んだはずなのに、どうして監察部門のおまえがそれよりも先に来るんだ？」

「う、うう——」

「おい、何を企んでいる——今回のこの不自然なウトセラ失踪には、誰が裏で糸を引いているんだ？」

「………」

問われた男、ピッチフォークは苦悶に顔を歪ませながらも、フォルテッシモを見つめ返す。その表情は、彼が数日前にジィドに仕事を依頼してきたときの弱々しさは微塵もなかった。フォルテッシモはさらに力を込めて、相手に与える苦痛をじわじわと増やしながら、さらに問う。

「おまえの上司か？　こいつはギノルタ・エージの差し金か？　ヤツは、俺にウトセラ・ムビョウを殺させて、それで何を狙っているんだ？　製造人間をこの世から消し去って、統和機構を弱体化させることに、何のメリットがある？　いや、そもそも憎悪人間カーボンが裏切ったあたりから、色々と不自然だったよな——」

「………」

「どういうつもりなんだ？　製造人間を排除して、合成人間がこれ以上増えないようにして、危険な進化しすぎたMPLSとどうやって戦うつもりでいるんだ？」

そう訊かれたところで、ピッチフォークの表情に変化が生じた。唇をぶるぶると震わせたかと思うと、その端をきゅーっ、と吊り上げて……笑った。

「あ……あなたがいるじゃないですか、フォルテッシモ」

その不敵な態度に、フォルテッシモの眉がぴくっ、と揺れた。

「……なんだと？」

「あなたが、どんな敵も倒してしまえばいいじゃないですか——いや、それを言うなら、フォルテッシモ——あなたは、我々と同じような合成人間なんですか？　ウトセラ・ムビョウの〝薬液〟によって生み出された存在なんですかね？」

「――――」

「あなたも〝進化した存在〟の一人ではないのですか。でも、統和機構に味方してくださっている――ならば合成人間など無駄に増やす必要はなく、あなたのような〝味方〟を増やした方がいいのではありませんか？」

「なるほど。一理ありそうな話だな。だがそいつは、おまえが合成人間でなければ、という条件がつくな。すでに合成人間になってしまっているおまえが、その話に乗るのは無理があるな。自分の存在意義を否定することになるからだ。ならば――答えはもう一つの話、ということになるな」

フォルテッシモはそう言って、ちら、とヒノオの方を見た。少年はさっきから、茫然と立ち尽くして、この事態を見ていることしかできていない。

「あいつだな、あの子供――おまえらは、あいつが次の製造人間になることを期待して、先取りして手中に収めようって計算しているんだろう。だが――あいつが成長するとして、おまえたちが期待しているようになるって保証はないぞ。そう――まったく別の、もっと途轍もない能力に目覚めるかも」

「さて――それもまた、あなたの期待ではないのですか」

「なに？」

「あなたは世界に退屈しているんでしょう。自分と対等に戦える相手がいないから。その不満をあの子供が解消してくれるのでは、と儚い希望を抱いているのではありませんか」

「ほほう——ずいぶんと口が回るじゃないか、ピッチフォーク——噂とはかなり違う。せこせこ動き回って、小ずるく立ち回っている器用貧乏なヤツ、という印象じゃないな」

「どうでしょうかね。一生懸命、あなたに媚びているのかも知れませんよ？」

「どうかな——おまえ、死にたいのか？　俺に殺してもらいたくて、そういうことを言っているのか？」

「一つ言えるのは——私だけを殺してしまえば、あなたは明確に〝ウトセラ・ムビョウ〟の味方、もしくは配下であることを認めた、ということでしょうね」

「なるほど——殺すなら、どちらも平等にしないと、ひいきしていることになる、って訳だな」

「ウトセラを、ひいては今の退屈な統和機構に忠誠を誓うというのなら、どうぞご自由に」

「ふふふ……」

フォルテッシモは、見る者がぞっとするような酷薄な笑みを浮かべた。

「なかなか面白い——興味深い提案だ。そうだな、おまえらが何者であれ、ウトセラがどんな立場であれ、全部を皆殺しにしてしまえば——少なくとも退屈な現状は打破できるってことだな。結果をあれこれ思案して疲れるくらいなら、全部ぶっ飛ばしてしまった方が早い——」

フォルテッシモはピッチフォークを離して、立ち上がった。

「————」

解放された男は、何かを言おうとした——だがその前にフォルテッシモが、ぱちん、と指を鳴らすと、ピッチフォークは急に糸を切られた操り人形のように、くたくたっ、と床の上に落下して、そして、ぴくりとも動かなくなった。

死んではいない——しかし、生きてもいない。フォルテッシモの能力によって、神経伝達の重要なところが〝遮断〟されてしまって、生命活動が一時停止させられてしまったのだった。

腕力で取り押さえる、などという行為はフォルテッシモにとっては〝手加減〟に過ぎないのだ。彼が本気になったら、何者も触れることさえできないのだった。

「おい、ヒノオ——おまえはここにいろ」

「え？」

少年が戸惑っていると、フォルテッシモは笑ったまま、

「ウトセラの方を片付けてくる――おまえのことは、その後で考えようか」

と言って、それから少し周囲を見回すような動作をする。

「あ、あの――」

「おまえにできることが、俺にはできないと思うか、ヒノオ？」

「え？」

「いいや、そんなことはないはずだな――おまえが感じたらしい〝なにか〟を、俺だって察知できるはず――なんとなく、でいいんだよな？」

そう言うなり、彼は次の瞬間にはまたしても空に飛び出していった。

4.

「なあ、ジィドくん――君は何が欲しいんだ？」

「は？　なんの質問だそれ。哲学か？　人生の意味でも探しているのか？」

「いや、そんなんじゃなくて、単に僕が君を雇うのだとしたら、報酬は何がいいんだろうってだけだよ」

「ああ、なるほど。いや——正直、あんたから何ももらおうとは思わないよ。協力してもらうこと、それ自体が報酬だからな」

「しかしそれだと君は大損じゃないのか。どうやら今回の件の依頼主からは何も得られそうにないし」

「それはそうだな。まあ、なんとかするさ」

「もしも無事に切り抜けられたら、騙されたことへの報復をするつもりなのかい」

「なんだ、して欲しいのか？　だったら別に報酬をもらうことになるぜ」

「君自身には復讐心はないのかい」

「おいおい、なんで俺様が、そんなつまらないもののために神経をすり減らさなきゃならんのだ。騙されたら、絶対に悔しがらなきゃならぬって法律でもあるのか？」

ウトセラとジィドー——この二人は既に最初のマンションから移動していた。しかし場所そのものは大して離れていない。遠距離移動するとその途中で必ず捕捉される、という認識からだ。

「君はずいぶんと変な人だよね、ジィドくん」

「あんたほどじゃないぜ。俺様が会ってきた中で、一番風変わりな人物であることは保証するよ」

「そうかな。どの辺が変わっているんだろうね」

「あんた、誰からも評価されようとしていないだろう。みんなに褒められたいとか、逆に、簡単にわかってもらいたくないとか、そういう衝動がない」

「そうなのかな?」

「現に、俺様にもどう思われてもかまわないって感じじゃないか。生殺与奪の権利を持っている相手には、少なくとも自分の価値を認めてもらって、助かる可能性を少しでも上げたいって思うのが、いわゆる人情ってやつだろう。あんたはその辺が、まったく欠落している」

「ふうむ、かも知れないね。自分では考えたこともなかったよ」

「あんたは自分の価値をどうでもいいものだと〝思いたがって〟いるんだろうな。いや、自覚はしている。しかしそれを誇りにもしたくないし、といって重荷だとも思いたくない。だから投げやりなんだよ」

「難しいね。人の心理って」

「あんたの気持ちだろ。まるで他人事だな。まあ、そのおかげで今、俺様にも生き延びるチャンスがあるわけだが。これでプライドばかり高い大物ぶった間抜けが相手だったら、見捨てる以外の選択肢を持てないところだったからな」

「いやいや、難しいと思ったのは、君の心理の方だよ、ジィドくん」

「あん？」

「君は何が欲しいんだろうね。この場を生き延びて、それで何にたどり着くつもりなんだろうね。僕には見当もつかないよ」

「おいおい、今度は本当に哲学か。俺様は別に抽象的で崇高な人生の目的などいらないんだよ。単に目の前にある、面白そうな物事をひとつひとつ解決するだけだよ」

「君にとって、世界は常にクリアされるのを待っているゲームということか。誰よりもうまくプレイできる――しかし、自分でゲームを作りたいとは思わないのかな」

「さあな。俺様が作るものに、誰が付いてこられるんだかわからないしな。だったらそんなことを考えてもしょうがない」

「現実的、ってことかい？　世の中の誰よりも頭が切れて、自分に付いてこられない他の連中を憎む代わりに、そいつらを全部、乗り越えるべき障害物だと思うことで、孤独から逃れている――って感じかな」

「孤独、ねえ――」

ジィドは心底くだらない、という風に鼻をふん、と鳴らした。

「そんな話は、これから襲ってくるフォルテッシモに言ってやれよ。きっとあいつこそ、そういうことに悩んでいるんじゃないのか。解決策を一緒に探そう、とか提案してやれば、あるいは仲良しになれるかも知れないぜ？」

「でも、君はそうしないんだろ？」

「当たり前だな。ただやられるだけの間抜けにはなりたくない」

「君はフォルテッシモのことをどれくらい知っているんだい」

「噂だけだが、それで充分ってところだよ。統和機構の伝説だからな。誰もが知っていて、しかし誰も知らない。どれほどの戦闘力を持っているのか、測ることができない――しかし、逆にそれがひとつのセオリーを導く」

「それは？」

「〝ヤツには近寄ってはならない〟ってことだよ。それが鉄則。どうやらヤツには射程距離みたいなものがあって、その中に入ることは死を意味する。おそらくだが、あまりにも強力すぎて、本能的にストッパーをかけているんだろう。自分の手近なところだけを攻撃するようにしている、そういう癖がありそうだ。噂でも、誰それは知らないうちに殺された、という暗殺者なら定番のものがなくて、全部たった一人で何かをした、何かを倒した、何かを防いだ――と、そんなものばかりだからな。正面切って、正々堂々――きっと、それ以外に戦い方を選ぶ気がない。強すぎるから、他に選択肢がないんだ」

「それを見抜くか。僕からしたら、あいつはただただ刺々しいだけで、ハリネズミみたいだ、としか思えないがね」

「やりあうことを考えないからだろう。あんただって、その気になれば俺様みたいになれるんじゃないのか？」

「その気になれそうもないね」

「わはは！　まあ、そうかもな。向いていないことを強制しても仕方がない」

「君は、ありとあらゆることに向いていそうだね。人間離れしているよ」

「そいつは褒められているのかな。あんただって、統和機構の化け物の一人には違いないんだろう？　人間以上の何かなんじゃないのか」

「しかし、そういう合成人間たちだって、困ったことがあったら君に助けを求めるじゃないか。実に〝人間らしく〟弱音を吐いてね。君にはそういうものがない。なんていうのかな、ぼくらは〝何々人間〟だけども、君はそういうんでもない。皆は君のことを緊急人間と呼ぶそうだけど、それは依頼主から見ての話で、君自身は緊急に対応しているつもりはないんだろう。それがふつう――トラブルの中にあるのがいつもの在り方なんだ。それは非常時にしか使い道がない兵器を連想させるね。そう、君は〝人間戦闘兵器〟というところだ。肉体的には人間としか言いようがないが、それはもはや普通人の枠には収まらない」

ムビョウがどこか適当に、軽い調子でそう言うと、ジィドは、

「――――」

と無言になり、やがて眼を大きく見開いたまま、にたーっ、と笑った。

「人間戦闘兵器、か――いいね、なかなか面白い表現だ。気に入ったよ」

「兵器というからには、誰かに使われないといけない。君にもいつか、専用の使い手が現れるのかもね」

「そうかね。そんなヤツがいるとは思えないが」

「そのうち出会うよ、きっと。君を必要とし、君もそれに応えたいと思うような相手と」

「そんなものかね。まあ――少なくとも、そいつはあんたではなさそうだな」

「その器じゃないだろうね」

「違いない」

二人がぼそぼそと、ある意味でどうでもいい話にうつつを抜かしていると、かなり近くから、どおん、と何かが壁を突き破る音が響いてきた。

「来たな――」

ジィドが立ち上がった。その大きな眼がぎらぎらと闘志に輝いているのを、ウトセラ・

ムビョウは確認した。そこには焦りも怒りも不安も何もなく、戦闘意欲しか見いだすことはできなかった。

＊

……街から少し離れた森林の中で、一人の男がうずくまっていた。

偽装されたテントの中で、その初老の男は小さな生命を治療していた。

生まれたばかりの仔犬……しかし、眼を開けず、呼吸もほとんどしておらず、巣から転がり出てしまっていたところを男が発見して、自らの隠れ家まで連れてきたのだった。

男の名前はカーボン。親しい者はボンさんと呼ぶ。

「大丈夫だよ、私が看ているからね――」

ぐったりしている仔犬に話しかけているこの男は、全世界から追われる逃亡者だった。

実は最初に彼が姿を消した森の中に、今もそのまま隠れているのだった。そのすぐ近くでこれまで、色々な者たちが争ってきたが、彼はそれをつかず離れずで見守ってきていたのである。気配を消している、それだけのことだったが、そのレベルが遙かに高すぎて、誰も彼に気づいていないのだった。

カーボンは仔犬の治療に没頭していたが、途中でその顔を上げた。

接近してくる気配があった。彼は仔犬を慎重に毛布でくるんでから、テントの外に出た。そこに駆け込んでくる、ひとつの影があった。来る前から、カーボンにはそれが何者なのかわかっていた。知っている気配だったのだ。

「――はっ、はっ、はっ――」

と息を荒くしながら木陰から飛び出してきたのは、モロボという名の犬であった。

「どうした、モロボくん――君の友達に何かあったのか？」

カーボンの問いに、モロボは、くーん、と切なげな鳴き声を上げた。

"The Emergency Man" closed.

憎悪人間は肯定しない

No-Man Like Yes-Man act 6.

予感——それがいつから始まっていたのか、カーボンは何度か考えたことがある。しかしどう検討しても、そもそもの最初から、自分は追い詰められていたような気がしてならないのだった。

彼が〝薬液〟を投与されて、そして目覚めたとき——ベッドの脇にはウトセラではなく、ひとりの老人がいた。

いや——それを老人と呼んでよいのか。

その顔に、そして両手に刻まれている深い深い皺は、皺というよりもヒビ割れのように見えた。両眼は光がなく、瞼の奥に入り込みすぎて、そこには穴が開いているようにしか見えない。だが、視線だけは異様に感じる。

「あ——」

彼が声を上げると、老人は、ひひひひ、とかすれ声で笑いを漏らして、

「残念だったな——生き延びてしまって」

と言った。彼が絶句していると、老人はさらに、

「そして、おまえがトドメを刺したことになるな——これで、ウトセラ・ムビョウは晴れて、次の〝製造人間〟だ——ひひひひひ……」

「あ、あなたは……誰ですか？」

「もはや何者でもない、ただの屑だよ……いや、そうだな……たった今、おまえが目覚めた瞬間に、わしは〝創造人間〟となったのかも知れないな。うむ……きっとそうだ」

「え？」

「今、おまえはどんな気分だ？」

「え、えーと……身体が自分のものじゃないみたいです。今まで、ずっと怠かったのに……どこにも痛みがなくて……変な感じです」

「それはそうだ。おまえはもう、今までのおまえではないのだから。おまえはもはや、いたいけで哀れな少年ではない。他人から常に恐れられる化け物となったのだからな。その能力で、人々の憎悪をかき立てて、決して安らぎをもたらすことはない……ひひひ……」

「あなたは……ウトセラ先生の……その、さらに先生だったんですか……？」

「そうだ。先代、といったところだ。しかし……その概念に意味はない。わしも、ヤツも……結局は別物で、同じようなものになることなど、決してあり得ない……わしの積み重ねてきた歴史も、そして罪も、しょせんはすべて、わしと共に……ひひひひ……」

引きつったような笑いが、空間に広がっていく。

「あなたは、えと……ウトセラ先生が嫌いなんでしょうか……」

「わしはなんとも思わん……だが無論、ヤツの方は、わしを憎んでいるのだろうな」

「そ、そんなことは……」

「おまえも同じなのだよ、憎悪人間よ……誰も憎くないような顔をして、実のところは、この世のすべてを憎悪しているのだろう……そう、それが自然……」

「自然……？」

「オキシジェンの言うとおりだった……わしがウトセラを選んだのではなく、おまえがウトセラを選び、だからわしもヤツに引き寄せられた……糸がつながっていたのだ。まったく空しい話だよ——ひひひ」

「………」

「不満そうだな——それでいい。おまえはそういう人生を送るしかないのだから、今からそういう感情に慣れておいた方がいい。それが、わしからの忠告だよ」

「あなたは——創造人間、と自分のことを言いましたが——ウトセラ先生と何が違うんですか？」

「わしは、おまえを創る気などなかった。だがおまえは生まれた。だからだよ——創造とは、自分とはまったく接点がないものを、この世に新しく誕生させることだからだ——自己実現だの、意思の反映だの——そんなものはすべて、ただの気休めだ……おまえを生み出してウトセラは苦悩することになったが、わしにはそんなものはない。だから——おまえには感謝するよ」

「苦悩って——ぼくはそんなつもりは——」

「おまえは関係ない。ヤツの苦悩はヤツの勝手な感覚に過ぎない。おまえも——いつか誰かの苦悩になる。それは避けられないさだめだと——オキシジェンなら言うだろうな……ひひひひ……わしには、もうどうでもいいがな……ひひひひ……」

老人はその空洞のような眼を彼に向けながら、すきま風のような笑いを響かせた。そして次の瞬間、その皺がさらに深くなったかと思うと、全身がいっせいにぼやけて、そして……崩れ落ちた。

砂のような微粒子になって、その身体のあらゆる結合を失って、さらさらと流れ落ちていった。今の今まで、長い長い時を、身を擂り下ろして粉にするような緊張によって継続され続けてきた重労働から、やっと解放されたのだった。

「あっ——」

彼は、老人に何も言い返すことができないまま、唐突な別離に動揺した。そして——

（そして今も、その動揺は続いている……）

憎悪人間は逆らわない
"The Rageless Man"

『実際のところ憎悪には歴史を動かす力などない。動かしているのは常に、他人の憎悪を利用する者で、その意思を支えるのはさらに別の憎悪で、しかしそれは表に出ることはなく、そのまま消えていく』

——霧間誠一〈流転する目的、剝離する理想〉

1.

コノハ・ヒノオはずっと考えてきた。

自分は、どうして生きているのか、と。

彼の周囲ではこれまで大勢の人々が死んでいった。彼が知っているだけでも多いが、おそらく気づかないところでも消えていった人は多いだろう。顔も知らない両親も含めて、彼が過去に関わってきた人は、その大半が死んでいる。ウトセラ・ムビョウのもとに引き取られてからは、比較的安定しているような気がしていたが、しかし今は、その偽りの平穏も剝げ落ちてしまった。

「…………」

彼は、壁に大穴があいているマンションの一室に取り残されて、茫然としている。

そのすぐ傍らには、身動きが取れなくされている戦闘用合成人間ピッチフォークが倒れ込んでいる。眼を見開いた状態で固定されて、瞬きすらしていない。

（この人も……）

フォルテッシモによって仮死状態にさせられてしまったこの男も、このまま助からないのか。そしてフォルテッシモは〝ウトセラの方を片付けてくる〟と言っていた。ムビョウも、今頃はあの気まぐれな男に殺されてしまっているのだろうか。

（そして、ぼくは——ぼくはどうなるんだろう……）

どうして自分は生きているのか。今、ここで死ぬために生きてきたのか。あんなに大勢の人々を巻き込んできて、それでこんな形で終わるのか。

死ぬのが怖いのかどうかすら、ヒノオにはわからなくなっている。実感がないとか、想像できないとかではなく、ただただわからない。死がどういうものなのかは知っている。死体もたくさん見てきた。自分がああいう風になるということを考えても、そこに感情が生じない。

（ぼくは……なんのために生まれてきたんだろう……）

絶望ではなく、シンプルな疑問としてそう思った。

どれほどの時間、そうやって立ちすくんでいたのか——事態に変化が生じた。

がりっ、と床を引っ掻く耳障りな音が響いた。

ヒノオが目をやると、倒れているピッチフォークの指先が、ぴくぴく、と動き出していて、そして――ぐっ、と拳を握りしめる。

次の瞬間、この戦闘用合成人間は、ばっ、と立ち上がった。

「――ったぞ！」

もつれる舌で、なにやら叫んだ。がくがくと全身を震わせながらも、確かに自分の脚で立っている。

「……った……戻ったぞ……んかくが……感覚が……回復した……！」

顔面をびくびくと痙攣させながら、絶叫した。そしてヒノオの方を振り返って、

「ざ……残念だったな！　フォルテッシモの呪縛が解けたということは――ヤツに何かがあったということだ。もう、ヤツはおまえを助けに戻ってはこない！」

と言った。ヒノオは唖然として、反応に困る。するとピッチフォークは突進してきた。

ヒノオの首を摑んで、上に吊し上げた。凄まじい怪力だった。

「ぐっ――」

ヒノオは呼吸困難になり、手足をばたつかせる。

「コノハ・ヒノオ――おまえはほんとうに特別なのか？」

「ぐ、ぐぐっ――」

「製造人間も交換人間も、おまえに注目している――あの、フォルテッシモさえもだ。おまえに何があるというんだ？」

「ぐ――」

「なあ、無能人間――そう呼ばれているんだろう？　おまえに何があるんだ？　おまえには、俺たち合成人間の未来がかかっていたりするのか？」

「ぐ……」

「おまえにはわかるのか？　俺たちの、何のアテもない人生の先に何があるのか？　いったい何があるっていうんだ？　ああ？」

「ぐ……」

「おいおい、どうした――絶体絶命のピンチだぞ。能力に覚醒しないのか。このまま喉を握りつぶされて、あっさりくたばるだけか？　おまえに期待してきた大勢の連中を裏切る気か？」

さっきのフォルテッシモと同じようなことを、このピッチフォークも言い出した。窮地に追い込まれれば、何かが出てくるはずだと――しかしそんなものは、ヒノオにとってはまるで身にしみない、縁遠く、他人事としか思えない発想だった。

理解しがたい——まるで異星人の言葉を聞いているような気がする。

（い、いったい——何言ってんだろう、この人たちは……）

ヒノオのことを色々と考えているようでいて、彼自身のことなどまったく考慮しないで、一方的に〝こうなるはずだ〟と決めつけて——それで、なにか得られると本気で思っているのだろうか？

「ぐ——」

「あ？　なんだその眼は——もっと怒ったり、悔しがったり、怖がったりしたらどうだ？　絶望しろよ、涙を流せよ——こんなんじゃあ、わざわざ手間かけてあれこれ仕込んだ甲斐がないだろうが——」

「ぐ……」

「なんだよ、なんでそんな風に、不思議そうな顔をしてやがるんだよ。わかんないのはこっちなんだよ。おまえはなんなんだよ？」

ピッチフォークが苛立った声を上げた、そのときだった。

「いや——その問いには答えようがないよ」

突然、背後から声が聞こえた。びくっ、とピッチフォークは振り向く。半壊した部屋の、それでも無事だったドアがいつのまにか開いていて、そこに一人の老人が立っていた。知っている顔だった。しかし——

「か——カーボン？」

その老人は、こんなところにいるはずのない人物だった。統和機構から脱走して、フォルテッシモに追跡されていて、明日をも知れぬ身のはずで、そしてここは、最後に彼が目撃された地点からほとんど離れていない場所なのだ。それなのに——。

愕然としているピッチフォークに、カーボンは穏やかな口調で、

「おまえはなんなんだ、って——その問いかけはないよ、ピッチフォークくん。誰しも、自分が何者なのか、それを正しく見極めることだけは決してできないのだから」

と言い、そして視線をヒノオの方に移して、

「すまなかったな、ヒノオくん——少し遅くなってしまった。だが、それでもなんとか間に合ったようだ」

（え——）

信じられないのは、ヒノオも同じだった。どうしてここに彼がいるのか——だがその答えは、すぐにヒノオに理解できた。

カーボンの後ろに、一つの影が控えていた。彼と共にこの場にやってきていたのは——ヒノオの飼っている犬、モロボだったのだ。

（あ——）

ヒノオの眼が見開かれているのを確認して、カーボンはうなずいた。

「そうだ、モロボくんが私に助けを求めてきたから、私はここに来ることができたんだよ、ヒノオくん。この子は君を見捨てて逃げ出したのではない——君を救える方法がそれしかないと判断しただけだ。フォルテッシモだろう——彼を前にしたとき、本能で、いくらモロボくんが抵抗しても無駄だと悟ったんだ。だから知り合いの中で、もっとも役に立ちそうな人間を呼びにいったという訳だ。見込んでもらえて、光栄に思うよ」

モロボはかすかに唸って、ピッチフォークを睨みつけている。飛びかかりそうになっているのを、カーボンが制しているようだった。

（ああ——）

ヒノオの中から何かがこみ上げてきた。今の今まで感じていた空虚が一気に満たされる気がした。

自分は何のために生きているのか、というこびりついていた疑念が洗い流される感覚があった。

「あ――」

そのヒノオの変化に、ピッチフォークも気がついた。彼は視線を自分が首根っこを摑んでいる子供に戻して、そしてぎくっとした。

ヒノオが泣いていた。

自分が殺されかけても、悲鳴一つあげようとしなかった少年は、犬が戻ってきたというだけで、その両眼からぼろぼろぼろぼろと大粒の涙を流していたのだった。

「な、なんだ――」

とまどうピッチフォークに、カーボンが静かに語りかける。

「なあ、その子を解放してやってくれ。君の憎悪ならば、私が代わりに引き受けてあげようじゃないか――」

2.

合成人間アララギ・レイカは、警護していたウトセラ・ムビョウが誘拐された責任を取って、自ら統和機構の監察部に出頭していた。

　今、彼女は緊急で用意された取調室にひとり座っている。まもなく尋問者がやってきて、彼女にあれこれと質問するはずだ。しかし彼女には答えようがない。

（見事に、私の完敗だった――どうやって目の前からムビョウをさらわれたのか見当もつかない。弁解の余地はない）

　どのような形で処分が下されるのか――問答無用で処刑、というのが最もあり得る話だったが、アララギに恐怖はなかった。

（私はしょせん、これまでだった、ということ――この程度の能力では、どうせあのお方の役には立てなかっただろう――ここで消えるのが、むしろ邪魔にならなくて済むというものだ）

　奇妙な納得を心に秘めて、アララギは静かに待っていた。

　やがて、二人の尋問者たちが部屋に入ってきた。一人は、やけに困ったような顔をしていた。

　その眉をひそめている男は、ちら、とアララギのことを見た。アララギも見つめ返した。

「――」

「…………」

　二人の視線が絡み合ったのは、ほんの一瞬だった。完全に初対面であり、お互いの顔もそれまで知らない相手だったが……。

困り顔の男はもうひとりの尋問者に向かって、

「おい、おまえはいい――ここは私ひとりでやる」

と言った。相手もうなずいて、

「はい、わかりましたギノルタ」

と頭を下げて、すぐに退出していった。

室内に静寂が落ちる。しばらくそうやって無言の時間が過ぎたが、やがて二人の口元がかすかに緩み、そしてうっすらとした微笑を浮かべた。それは不思議な笑みだった。理由もなく、発作もなく、ただただ純粋に笑う、というものを目指しているような、根拠の感じられないほほえみだった。

「俺はギノルタ・エージ」

「私はアララギ・レイカ」

「君も、なのだな」

「あなたも、なのですね」

そう言い合って、そしてまた同じような顔で微笑む。

「あのお方に出逢っている――やはり、その人間はすぐにわかるものだな」

「予想されたことではありましたが、実際に遭遇すると、あらためてその影響力に感服しますね」

「ここで君と邂逅したのも、あのお方の導きと考えるべきだろうな。やはり色々と不自然なことが多すぎた。俺がこの件に対して慎重な姿勢で臨んでいたのは間違ってはいなかったということだ」

「この件――もしかすると、カーボンが反逆して脱走したという辺りから全部、ひとつながりだったのですか？」

「その通りだ。しかし無論、あのお方が計画したものではない。これはあの交換人間ミナト・ローバイの策略によるものだ。実行犯たちをそそのかして、さも自分の意思で動いているかのように錯覚させながら、巧みに誘導した結果なのだ」

「実行犯――この前あなたを襲ったというデューポイントもその一人ですか？」

「そうだ。ヤツ自身も自分が誘導されたことに気づいていなかった。そしてヤツをそう仕向けたのが、今、君たちの家からウトセラを誘拐させたピッチフォークだろう。以前からあの二人は裏でこそこそと汚職をしていたが、その過程でデューポイントは洗脳されていたんだ」

「ピッチフォークが依頼した相手というのは、例の〝緊急人間〟でしょうか」

「うむ。やはり君にはもう推測できていたか」

「気配を感じませんでしたから——合成人間ではないのなら、噂の何でも屋と考えるのが当然でしょう」

「まあ、今頃はフォルテッシモに始末されているだろうから、大して問題ではない。重要なのはピッチフォークだ。彼はミナトに何を吹き込まれたのか——カーボンを追放して、何を企んでいるのか」

「その男は、なにか目立つ個性があったのですか？」

「いや、特に目立つところはなく、むしろ臆病者だと思われていたくらいで、堅実であるという以外に特徴はなかったが……」

「私には、その男の気持ちが少しわかる気がします」

「ほう？」

「私も、かつては心にずっと穴が開いているような気分で任務をこなしていたものです。自分が何をしているのか、何をさせられているのか、その目的にも、行動にも、何の価値も見出せずに、ひたすらに摩耗していくだけで、道筋が見えないのです——」

「君が悪魔人間と呼ばれていた頃か。ピッチフォークとは違って、とても優秀で目立っていたはずだが、それでも、か」

「そうです——心のどこかでいつも〝こんなはずじゃないのに〟という思いが渦巻いていました。私たち合成人間は、一般人よりも優れていて、人類を守護している立場だということになってはいますが——」

「そうだな。それは欺瞞だ。実際には普通人よりも劣ることも多いし、何よりも正体を常に社会から隠さなければならないというのは、それだけで相当なストレスだからな」

「私たちは、その社会そのものが欺瞞に過ぎないということをあのお方に教えていただけましたが——ピッチフォークは違う」

「彼の心の中には不満と憎悪が根深く淀んでいて、そこをミナトに利用されたというのか。ではその最終的な目的は——」

「自分も含む、統和機構そのものの無効化と解体——しかし、それも明確に意識しているかどうか。ただなにもかも無茶苦茶にしたいだけかも——その場合の、鍵となるのがおそらく、ミナト・ローバイも並々ならぬ関心を寄せているコノハ・ヒノオでしょう」

「あの無能人間か——ヒノオ少年を刺激するために、今回のことをミナトは仕組んだと思うか？」

「いや、それはもう、過去に失敗しています……あの男は切り替えが早いと聞きますし。では今は何か、と言われると私には答えられませんが」

「判断を下すには情報が不足か。ならば、すぐに現場に戻るべきだな」

「え？」

「君の容疑は晴れた。アララギ・レイカ――すぐに職務に復帰せよ。ただし警護対象のウトセラ・ムビョウは行方不明であるから、その係累であるコノハ・ヒノオの保護を最優先に、本来の警備任務に戻るのだ」

事務的に言うギノルタの顔からは、さっきまでのうっすらとした微笑みが消えて、またいつもの困ったような顔つきに戻っていた。

「――――」

アララギも表情を引き締めた。二人の特別な共通点はここだけの話であり、今後は二度と触れられないだろう。統和機構の中で、組織に忠実なポーズを決して崩すことなく行動し続けるのだ。そう――〝そのとき〟が来ない限りは。

「コノハ・ヒノオの現在位置の目安はついている。そこに急行するのだ」

「了解しました」

アララギはデータを受け取ると、即座にその場から走り去っていった。

3.

「なにい……？」

　ピッチフォークは顔を歪めた。これに対してカーボンの方は穏やかな表情で、

「君は、憎悪に支配されている——それ自体は不自然なことではない。生き物というのは、本質的に憎悪で動いているものだから」

「あ？」

「生まれるときに悶え苦しまない存在などない。苦痛と恐怖に充ち満ちた世界に立ち向かうためには、憎悪が必要不可欠だ。生命の起源がいかなるものだったかは謎だが、そこには確実に、それまでの環境に対する憎悪があり、それを滅ぼして改変しようという指向性があった。憎悪を否定することは誰にもできない。それは〝死ぬ〟というのと同じことだ」

　カーボンの口調にはまったく力強さがない。ごくごく当然のことを淡々と述べているだけ、とでもいうかのように。

「何言ってんだ、おまえは？」

　ピッチフォークが怪訝（けげん）そうな顔をすると、カーボンはさらに、

「君は自分が追いやられているから憎悪にとらわれているのだ、あるべき姿に戻りたいん

だ、と思っているのだろうが、それは間違いなんだ。人間の精神の根にある基礎が憎悪で、君はただ、そこから一歩も外に出ていないだけだ」

と不思議なことを言い続ける。ピッチフォークのとまどいはさらに大きくなって、

「な、なんだ？　おまえが、俺の何を知っていると言うんだ？」

と訊き返すが、これにもカーボンは、

「いいや、私は君のことなど何も知らないよ。わかるのは君の憎悪だけだ。なぜなら、それは極めて基本的で、誰にでもある、ありふれた感覚に過ぎないからだ。君は誰にもわかってもらえない、と感じているかも知れないが、それは逆だ。君はそもそも〝わかってほしい〟ものがなんなのか、自分でも考えたことがないだけだ。何もしていない、何をしていいのかわからない人間は、それだけで既に、誰もが憎悪人間といえる──私の同類なんだよ。同じ〝におい〟がする似たもの同士だ。そして、君もなんとなくそれを感じている。違うかな」

「う──」

ピッチフォークの顔に、あからさまな動揺が浮かんでいる。カーボンに敵意を向けようとして、それに失敗しているのだった。

（こ、これはなんだ──俺はなんで、この男に攻撃しないんだ？　このガキを摑んだまま

でも、このジジイの脳天をぶち抜けるだろう――なんでそうしないんだ？）

　彼は、かつての相棒デューポイントがなぜ、この男と直に会うのをあんなにも恐れていたのか、その理由が正直なところわからなかった。戦闘用合成人間である彼には、情報分析型のような繊細な感覚はない。しかしそれでも、このカーボンと話しているときの、異様な状態はいやでも実感できた。

（なんだこれは――何かをされているのか？　だがなんの威圧感も、そして……不快感もない……）

　彼には知る由（よし）もないことだったが、その秘密はごくごく簡単なものだった。

　合成人間カーボンの能力とは、その肉体から〝におい〟を発すること――そのコントロールができる、というただそれだけのものに過ぎない。何のパワーもなく、ある意味で最弱の能力でしかない。しかし、彼の発するその〝におい〟は、彼が対峙している人間のそれと同じものなのだ。そういう風に調整できる――そして、それだけで、人は彼に対しての敵意を失ってしまい、心の内をさらけ出したくてたまらなくなってしまうのだった。

「ううう……」

「なあ、ピッチフォークくん……君はもう、その子も憎くはないはずだ。放してやってくれないか。その子も、君と同じなんだ。何をしていいのか、わからないで生きている――

そう、我々はみんな、持って生まれた憎悪に縛られて生きるしかない存在なのだから――

それに」

カーボンはここで、ふう、とため息をついた。

「君にその子の重要性を吹き込んだのは、ミナト・ローバイではないのか。だとしたら君は、あの男に……」

彼がそう言いかけたところで、ピッチフォークは突然、

「――うおおおおっ！」

と絶叫して、そして摑んでいたヒノオの身体をカーボンの方へと投げつけた。

「がっ――」

床に落ちそうになったヒノオを、カーボンは慌てて受け止めた。その間に、ピッチフォークは彼がこの部屋に侵入してきた壁の大穴から、外へと逃げ出してしまった。

「う、ううっ――がほっ……」

ヒノオは激しく咳き込んだ。その顔を横から犬のモロボがべろべろと舐めだした。

「う、ううっ――モロボ……」

ヒノオはまた涙をぼろぼろ流して、犬に抱きついた。

「ごめん、ごめんね……ぼ、僕はてっきり、君が僕のことを見捨てたって思って……ごめ

んなさい……」

嗚咽しながら何度も何度も謝罪を繰り返す。その涙を犬が舐めとり続ける。カーボンはヒノオの肩に手を乗せて、

「これで——もう自分が何で生きているのか、なんて考える必要はなくなっただろう、ヒノオくん」

と言った。ヒノオは、はっ、となって老人の顔を見る。内心をずばりと言い当てられたのだ。

「は、はいっ——」

彼がうなずくと、カーボンもうなずき返した。そして、

「ところで——あまり時間はない。君に頼みたいことがあるんだ、ヒノオくん」

と切り出してきた。

「え？」

「これは、君にしかできないだろう——いいかな」

「な、なんですか？」

「うん——」

ここでカーボンは穏やかな笑みを浮かべて、

「私は、これから死ななければならない――」

と言った。

4.

「くそ、いったい何だったんだ、あれは――」

フォルテッシモは不満げに舌打ちした。

「おい、なんだったんだよ。おまえはヤツの正体とかわからなかったのか？」

と訊いた。そこにはウトセラ・ムビョウが直立不動の姿勢で、まるで見えない縄で縛り上げられて、吊るされているかのように、わずかに宙に浮いている。

「気になるなら、殺さなきゃよかったじゃないか。君が乱暴なのがよくない」

ウトセラは肩をすくめるような動作をしようとしてもできずに、首だけが傾いた。

フォルテッシモの能力で〝固定〟されているのだった。

「いや、確かに期待はしていなかったよ？　気配もなかったしな。だがそれでもありゃあ、ねえだろう――なにが緊急人間だよ。とんだ肩すかしだ」

　フォルテッシモは道をぶらぶらと歩いている。付近には人影はない。そして彼が移動すると、ウトセラもその後を自動的についてくる。

「とりあえずはコノハ・ヒノオのところに戻るが——おいムビョウ、おまえをどうするかは、まだ確定していないからな」

「どうするつもりだい」

「ヒノオのヤツが、おまえを守るべきだって言わなかったら、おまえはおしまいだ。助けてやれと言ったら、まあ、そのときはそれから考える」

「比率が五対五じゃないようだが——」

「そうだな。おまえは今、かなり絶体絶命だな。俺の機嫌も良くないしな」

「まいったね——」

「ああ、そういやピッチフォークのことを忘れていた。あいつの〝固定〟はもう解けてるか、あるいは死んでるか——もしかしてあいつがヒノオをさらったり、殺したりしてるかもな。だとしたら、その時点でもやっぱり、おまえはおしまいだな。ぜんぶあいつが悪い。あの緊急人間のせいだ。あいつが、あんな間抜けな罠を仕掛けていたから、つい、ちょっとだけ注意が逸れちまったんだよな——」

＊

フォルテッシモがウトセラ・ムビョウのかすかな気配を感じた場所は、閉鎖された大規模遊戯施設の駐車場だった。何もない場所だ。だがそのあちこちに廃車と思しき車が数台停められたままになっている。

「ふん――」

飛行状態のフォルテッシモは駐車場に降下していく途中で、その場にあるすべての車を、同時に攻撃しようとした――その直前だった。

車がいっせいに爆発して、上空のフォルテッシモめがけて燃えながら飛んできた。タイミングがあまりにも的確だったので、フォルテッシモは一瞬、反応に迷ったが――

（いや、面倒くせえ――）

と、まったく対応せずに、そのまま攻撃を正面で受けとめた。

ガソリンを満載していた車は爆散しながらフォルテッシモに突っ込んできたが――そのすべては一瞬で消失した。

フォルテッシモの〝絶対防衛圏〟とでもいうべき反射神経が、ことさらに意識することさえなくすべての攻撃をシャットアウトしてしまったのだった。かすりもしていないし、炎上していた輻射熱でさえ、彼には届いていない。

（だが、タイミングがやけに的確すぎたな——それに、こんな仕掛けは一時間やそこらではとても無理だ。どれだけ前から準備していたんだ？　色々と辻褄が合っていないような——）

若干の混乱を抱えつつ、フォルテッシモは駐車場に一台だけ残っていた車のところに降り立った。そこで、不快そうな顔に、さらに苛立ちが刻まれる。

「——おい、なんのつもりだ？」

荒々しい声で呼びかけた、その相手は車の後部座席に縛られて転がされているウトセラ・ムビョウだった。口元は猿ぐつわを嚙まされている。

「むー……」

とウトセラはもがきかけたが、次の瞬間にはあらゆる拘束がすべて切断されて、はらりと落ちた。

「や、やあフォルテッシモ——助けに来てくれた……訳ではなさそうだね」

「何してんだ、おまえは」

「いや、捕まったんだけど……だから君が来たんだろ？」

「いざというときには、おまえを始末してもいいって話でな……なのに、なんだこれは？」

「いや、その、あんまり興奮しないで。それにこの車にもまだ、なにか仕掛けがあるかも知れないから、不用意に近寄らない方が――」

ウトセラがそう言いかけたときには、もうフォルテッシモは車の後部ドアを乱暴に摑んで、そして――むしり取って、放り投げた。能力なのか、怪力なのか、その区別をつける必要もないのが、この最強と呼ばれる男だった。

そしてウトセラを引っ張り出そうと、車内に身体を入れたところで――かちっ、と音がした。

「え？」

眉をひそめるウトセラの前で、フォルテッシモがいつのまにか一本のコードを持っていて、ぷらぷらと揺らしながら、

「この車にも、爆薬が仕掛けられていたな――おまえごと吹っ飛ばす気だった。これはおまえも覚悟の上か？」

と言った。目にもとまらぬ早業で、仕掛けられていた罠から決定的な回線を切ってしまっていたらしい。

そこで、背後で何かが動く気配がした。フォルテッシモが振り返ると、広い広い駐車場

の向こう側に、遠ざかっていく人影が見えた。

「あ……？」

丸見えだ。背中から撃ってくれ、と言わんばかりだ。フォルテッシモがまたしても反応に迷って、そいつのところに直に飛ぶか、それとも衝撃波で吹っ飛ばそうか、と考えかけた、その瞬間だった。

くるっ――とその人影が振り向いた。小柄で、眼がぎょろりと大きく、青白い顔をしている。

そして、手に拳銃を持っている。振り向きながらその凶器を上げて――自分の頭に当てる。

ぱあん、という銃声が、かすかなタイムラグを挟んで届いた。フォルテッシモは、

「はあっ？」

と声を上げて、即座にその場所まで跳躍した。

割れたアスファルトの隙間からぼうぼうに伸びている草むらの上に、その男は横たわっていた。

頭にでかい穴が開いていて、そして呼吸も心臓の鼓動も感じ取れない。

「な、なんだこいつ――」

フォルテッシモは、その動かぬ肉体を蹴り飛ばした。当然、無抵抗、無反応で、ぐにゃぐにゃとひしゃげながらその塊は地面を転がって、そして停止する。

「なんなんだ、こりゃあ——馬鹿にしてんのか？　あんな仕掛けをしといて、最期がこれか？　ビビってテメエの頭をぶち抜くしかなかったってのか？　ああん？　ふざけやがって！」

フォルテッシモは怒鳴ると、またすぐにウトセラのところに戻り、

「おい——まだだ。おまえの方は片付いていないんだからな」

と言うと、彼の身体を見えない力で雁字搦めに拘束して、宙に吊し上げる。

「どーーどういうことかな」

ウトセラの問いに、フォルテッシモはふん、と鼻を鳴らして、

「とにかく、ヒノオのところに戻るぞ。話はそれからだ」

と言うと、ウトセラを連行してその場から去って行った。

……この一連の出来事を、離れたところからこっそりと監察していた者がいる。

「…………」

地を這うようにして、頭を打ち抜かれた肉体のところまで来る。

その顔は、目の前で倒れている顔と、まったく同じだった。

ジィド——彼は信じられない、という顔で、自分の代わりになった者を見下ろしていた
……すると、その死体だと思っていた相手の眼が、ぎょろっ、と動いた。

「ばあっ！」

と言って、頭に大穴を開けた肉体は、がばっ、と起き上がった。

「うわっ?!」

あまりのことに、ジィドは尻餅をついて転んでしまった。すると相手はさらにゲラゲラと笑って、

「だらしないな、緊急人間さん——自分と同じ顔が目の前に出てきたくらいで驚いていちゃあ、ヒノオよりも弱虫だってことになるぜ？」

と言う。ジィドは瞼をぱちぱちと何度も開閉させてから、やっと、

「お、おまえ——〈百面相(パールズ)〉のパール、か……誰にでも、そっくりに化けられるって言う……しかし、なんで——」

「基本となる体格が、そもそも偽装だ——この頭の中に、頭脳は入っていないんだよ」

パールはそう言いながら、こんこん、と大穴のあいている頭を叩いてみせた。するとみるみる穴がふさがって、血まみれだった顔も元に戻ってしまった。ジィドそっくりの顔で、

彼に向かって、

「そもそも変だと思わなかったのか？　あんた、フォルテッシモから逃げるために、ウトセラを見捨てていくつもりだったろうが——あの切れ者がそんなに簡単に、あんたの言うことを素直に聞くと思うか？」

「な、なんだと？　それじゃあ——」

「だいたいあんた、逃げるときにこの周辺の住人たちを全員、囮として使うつもりだったろう。フォルテッシモが無差別に広範囲を攻撃することも考慮して——そんなことをされたら、後始末が大変だよ。ウトセラはそれを見越して、あんたをあえて泳がせたのさ」

「お、おまえが来ていて、身代わりに死ぬという偽装をするだろう、と——ムビョウはそれを見抜いていたというのか？」

「あんたが信用ならないことはわかっていたろうからな。そして私も——監視されていることは、とっくにお見通しだったってことか。ふふっ、さすがだよ。ウトセラ・ムビョウ——まんまと利用された」

「い、いや待て——パール、なんでおまえは任務とはいえ、あのフォルテッシモと直に当たるような、危険な真似を——」

「正式な任務じゃない。ほんとうは受けたくなかった。だが——仕方ない。ヒノオには借りがあるからな――それにジィド、あんたにも少し興味があったし」

「な、なに？」

「思ったよりも、可愛い顔してるじゃないか――私は、顔つきを見ればそいつがどんな風に生きてるか、わかるからな。おまえに化けるのは、そんなに嫌じゃなかったぜ？」

「う――」

「じゃあ、私の仕事はここまでだ。あとは、そっちで勝手にやってくれ」

「そっち？」

とジィドが眼を丸くしたところで、ぽん、とその肩を後ろから叩かれた。

「――っ?!」

びっくりして振り向くと、そこにはジィド並みに大きく眼を見開いて、異常なまでに陰りのない開けっ広げな笑顔の男が立っていた。いつのまに接近されたのか、まったくわからなかった。その気配の消し方は、まるで最初からこの男はこの世に実在していないのではないか、なんらかの幻に過ぎないのではないか、と思わせるほどだった。

「やあ、ジィドくん――私はミナト・ローバイという。もちろん君なら知ってるよね？」

「こ、交換人間――？」

「そうだ。死んだことになった君に、さっそく頼みたいことがあるんだがね。いいだろ？

得意だろ、人の依頼を受けるのは？」

「う……」

ミナトの圧倒的馴れ馴れしさに、さすがのジィドも気圧される。そしてパールはさっさとその横を通り過ぎて、どこかに行ってしまう。慌ててジィドは、

「お、おい待て……パール！　おまえは——」

と、自分でもよくわからない焦りに駆られて、呼び止めようとしたが、パールはちら、と振り返っただけだった。その顔は、もうジィドのそれではない、妖艶な女性になっていて、彼に向かってウインクしてみせて、そして立ち去ってしまった。

＊

「しかし——フォルテッシモ。君はどうして、ヒノオのことを気にするんだ？」

拘束され、連行されながら、ウトセラはそう訊ねた。

「あ？　別に気にしているわけじゃない」

「もしかして、だけど——君はあの子のことを、自分と似ているって感じているんじゃないのか」

「おいおい、何の冗談だ。あいつと俺と、どこが似ているって言うんだ？」

「君たちが似ているんじゃないよ。君たち以外の、世界の他の何者も君たちに似ていないから、結果として君たちの立場が相似形になるってことだよ」

「――――」

「君は地上最強で、他に並ぶ者がいない。ヒノオは逆に、合成人間なのに何の能力もないから、誰とも気持ちを分かち合えない。私には序列をつける趣味はないが、トップと最下位は、端っこにいるという点では同じだ。だから君は、私の意見は考慮に値しないと思うが、ヒノオの方は〝ちょっとは聞いてやるか〟という気になる。他の者ではそうはいかないだろう？」

「…………」

フォルテッシモは無言である。ウトセラも黙る。しばしそうやって、閑散とした通りを進んでいくと、彼らの前に二つの影が現れた。歩道の真ん中に立っていて、待ち受けていた。

コノハ・ヒノオと、彼の犬モロボだった。

「む――」

フォルテッシモの眉間に皺が刻まれた。彼はウトセラをその場に残して、自分だけ少年と犬のところへ歩み寄った。

「…………」

ヒノオは顔を強ばらせて、きっ、とフォルテッシモの方を見つめている。犬はその横で、じっとしていて、うなり声なども上げていない。

「今度は――その犬は逃げないんだな」

フォルテッシモの言葉にヒノオは応えずに、彼が言うべきことをすぐに切り出した。震える声で、しかし、はっきりと、

「フォルテッシモさん――あなたに伝言があります。ボンさんが――カーボンが〝話をつけたい〟と言っています」

5.

フォルテッシモが指定された場所に着いたのは、話を聞いてからわずか数秒後だった。ほとんど一瞬で空間を移動し、その場所に降り立った。そこは彼自身が最初にカーボンを見つけたと思った原っぱだったが、今はすっかり焼け野原になっている。数日前に合成人間カチューシャによって砲撃されて、そのままになっていた。

その真ん中で、特殊工作用合成人間カーボンは、ひとり待っていた。

「やあ、フォルテッシモくん——君と直に会うのは、これが初めてだね」

老人は静かな口調で話しかけてきた。

「まさかほんとうに待っているとはな……てっきりまた、誤魔化されると思っていたが」

「以前にウトセラ先生がなにかしたようですね。あの人の失礼は私が詫びますよ。だからあなたも、もう少し他人を信用してもいいのではありませんか」

「どうかな——また騙されるのも嫌だし、その提案は保留にしとこう」

「おやおや。しかしあなたの考えですからね、尊重しますよ」

「なあ、一応、念のために言っておくんだが——おまえの能力は、俺には通用しないからな。あれだろう、匂いだろう。嗅覚に作用して、相手に過剰な親近感を抱かせて、敵意を奪ってしまうんだろう。残念ながら、既におまえが感じているとおり、俺の匂いは遮断されておまえに届かないから、分析し、調整することもできない。仮にできたとして、俺の場合は自分と同じ者がいるとしたら、まずどちらが強いかを確かめたくなるから、逆に戦いになるのを避けられなくなるだろう」

フォルテッシモの宣告にも、カーボンは穏やかな表情を崩さず、

「それは期待していませんでしたよ。あなたを止められると思うほど、私は自信家ではあ

りませんからね」

「怒りは感じないのか？　おまえ――どう考えても、誰かにハメられて裏切り者に仕立て上げられたんだろう」

「しかし、今さらそれを覆すことはできないのでしょう。統和機構にとって私は既に、排除しなければならない異端の存在なのでしょうから」

「なんなら、俺が手伝ってやろうか？　おまえの代わりに、統和機構と戦ってやろうか」

フォルテッシモがとんでもないことを言い出してきたが、これにカーボンは微笑んで、

「それでは、まるで私の能力に影響されているみたいじゃないですか。屈服することを絶対に受け入れないあなたらしくもない」

と言い返した。フォルテッシモは苦笑して、

「一理ある。だが半分は本気だ。おまえと統和機構と、どっちが正しいのか、それを確かめたいという気持ちもある――どうなんだ。おまえにはそれだけの気力はないのか」

「さて――今や私が世界の混乱を招いているのも事実ですしね」

「憎悪人間とか呼ばれている割には、理不尽に対しての憤(いきどお)りはないのか？」

「私の場合は、他人の憎悪を暴くばかりでしたから、自分の感情の方は無頓着でしたね。でもそれは、あなたも同じなのではありませんか。自分の判断で、その圧倒的な力を行使

することにためらいがあるのでしょう？　だから統和機構にも協力している――」

「ふん――それはそうだな」

フォルテッシモは素直に認めた。

「おまえに死を受け入れる覚悟があるのはわかった。そいつが単なるあきらめなのか、それとも積極的な自殺願望なのかは、俺にはわからないし、わかるつもりもない――だが、どうだ？　おまえも最期に、おまえ自身の憎悪を、敵である俺にぶつけてみるというのは？」

「――――」

無言のカーボンに、フォルテッシモは淡々と、

「あと五秒――三、二、一――」

とカウントダウンを刻んできた。すると、カーボンの表情に変化が生じた。

くしゃくしゃっ、と顔中に皺が寄った。それは老人のそれというよりも、生まれたての赤ん坊のものに近かった。

「う――うがあっ！」

声にならない叫びを上げたかと思うと、カーボンはフォルテッシモに飛びかかってきた。

それも人というより獣の動作に似ていた。

「――ゼロ」

フォルテッシモがそう言うと、次の瞬間、カーボンの胸に大きな穴が開いていた。

心臓が、一瞬で消し飛んでいた。

カーボンの表情からみるみる強張りが取れていき、地面に倒れ伏す頃には弛緩した無表情になっていた。

「ずいぶんと原始的——いや、生き物というのは、そういう憎悪を持って生まれてくるのかも知れないな。おまえも、やっとそれを手に入れられたんじゃないのか、カーボン——確かに受け取ったよ」

フォルテッシモはそう呟くと、きびすを返して、その場から去って行った。

＊

「なるほど——生物の基本は憎悪、か。まず出てくるのはああいう感情か。君の言うとおりだな、カーボン」

物陰から様子をうかがっていたミナト・ローバイは、胸に抱きかかえている仔犬に向かってそう言った。

それは、ここ数日カーボンが隠れ家の中で看病していた、弱り切った仔犬であった。しかし、今は——その眼に奇妙な力がある。

「…………」

　仔犬がやや恨めしそうな眼でミナトを見上げる。これに屈託のない男は、

「そんな切なそうな顔をしないでくれ。他に方法がなかったんだ。それに——どうせあの仔犬は助からなかったよ」

　と奇妙なことを言った。すると次の瞬間、さらに奇妙なことに、仔犬が口吻を開いて、

「……だからといって、私と〝精神〟を〝交換〟することはなかっただろう——ミナト」

　と喋った。それはカーボンの声だった。

「私は、ここで終わるべきだったのに——こんな不自然な真似をしてまで、生き延びる意味などあるのか」

「いやいや、君にはまだまだ価値がある。その仔犬の肉体には、私のストックしていた〝製造人間の体液〟を注入済みだからね。元の犬では制御できなくて暴走するだけだろうが、君の〝精神〟が中に入ることで、やっと安定することができるんだ。仔犬だって、無駄に死ぬよりは、君に新しい肉体を提供する方がずっと価値ある生涯になったと思うがね？」

「価値、か——君らしいモノの言い方だな。なんでも交換して、その差異で世界を変えていこうとする——最初から、君の手が回っていたんだな」

「ああ。前々から君には注目していたからね。その〝人々の憎悪を引き出す才能〟は、言ってはなんだが、統和機構の中で使うのは宝の持ち腐れだ。せいぜい機構の低位安定にしかつながらない。しかし、君が外に出て、世界中の憎悪を集めて、機構に対抗すれば、これは素晴らしい争いを——切磋琢磨を生み出すことができるだろう。反統和機構組織が君の下に集結することで、機構そのものにも緊張感が生まれ、さらなる価値の創造へと続いていくだろう」

その言葉はもっともらしいようで、しかしどこか真剣味が決定的に欠けている。すべてが上っ面だけだった。

「君の〝実験〟に、我々は振り回される訳か」

「そこは〝投資〟と言ってもらいたいね。リスクを冒して、未来の可能性を獲得しようというのだから」

「しかし、自分では何もしないのだろう？」

「そこは適材適所で、やるべき者がやればいいだけだからね——ということで、後は頼むよ、ジィドくん」

ミナトが振り返ると、そこには憮然とした顔の、青白い男が立っていた。

「俺様に、その喋る犬の世話をしろって言うのか？　どういう仕事だ、そいつは——」

「まあ、そのうちわかってくるよ。君なら、このボンさんの使い道もたくさん見つけられるだろうしね。そろそろ君も、人の依頼を受けるだけじゃなくて、自分の〝事業〟を始める頃じゃないのかな？」

「ボンさん、ねえ――おい、おまえ腹は減っていないのか。そのぐらいの成育具合だと、頻繁に栄養を与える必要があるんじゃないのか」

ジィドは文句を言いつつも、すでに仕事に取りかかっていた。無駄のないプロとしての習性で、事態が大きく動いた後でも、すぐにやるべきことを選択している。

「――ジィドくん、か」

仔犬の姿になったカーボンは、自分の新しい仲間に向かって、ため息交じりに言う。

「君には、なにか目標はあるのか？」

「あん？　別にそんな――いや、そうだな……」

ここでジィドは、少し遠い眼をした。常に目先のことだけに反応するこの男にしては、それは珍しい表情だった。

「おまえと一緒にいたら、あるいはまた、あの自分の顔のない、不思議なヤツと出会えるかも知れないな。うん、そいつが楽しみだな」

「君も、相当に訳がわからないね――私とはお似合いなのかも知れないな」

「そうだな。これからよろしくな、ボンさん。一緒に〈ダイアモンズ〉として盛り上がっていこうじゃないか」

「なんで金剛石なんだ？」

「カーボン――炭素だろう？　だったら圧縮して、ダイアになった方がそれっぽいじゃないか」

「やれやれ――」

6.

「…………」

道端で、その男は打ちひしがれて、膝を抱えてへたり込んでしまっていた。

逃げ出した戦闘用合成人間ピッチフォークは、しかしどこへ行けばいいのかわからず、茫然とすくんでいた。

そこに、人影が接近してきた。監察部の拘束から解放されて、この場に駆けつけてきたアララギ・レイカであった。

「ピッチフォーク――おまえ、こんなところにいるということは、失敗した後か――ヒノオはあきらめたのか」

「う、うう……」

「その弱り切った様子――さてはおまえ、カーボンに〝説得〟されたな。牙を抜かれて、もう何をしたらいいのかわからなくなったのか」

「ううう……」

「いっそのこと殺してくれ、って顔ね……ふむ」

アララギはうなずいて、そして身をかがめて、ピッチフォークの耳元にその唇を近づけて、吐息をかけるようにして囁く。

「なら、いっそおまえも統和機構から離れて、あのお方を求めてみてはどう――？」

「え……？」

「おまえがさすらっていれば、きっとあのお方が、おまえを見つけてくださる……そうだな、陰から人助けなんかをしていたら、きっと眼に留めてくださるぞ。もちろん人目につかないようにしないといけないけれど」

「な、何の話だ？　何を言っている？」

ピッチフォークは混乱したが、しかし……アララギの、あまりにも確信に充ち満ちた様子に圧倒されて、逃げ出すこともできない。

「今はわからなくていい。しかし――ここでおまえを見つけたのが、他の誰でもなく、私だということもきっと導きなのだろう――おまえはそういう星の下に生まれついているに違いない。信じろ、とは言わない。その必要もない――どうせおまえには、もう他の選択肢はない」

自信たっぷりに言い切って、そしてアララギは立ち上がる。

「さあ、後は好きにするがいい――行け！」

強い声を浴びせかけられて、ピッチフォークはとっさに身を起こして、そして駆け出していってしまった。

「ふむ――」

アララギは、当然の行為をしただけで大したことではない、といった調子で、すぐに任務の方に戻って――コノハ・ヒノオのところへと向かって走り出した。

＊

「フォルテッシモが戻ってこないな――どうやら、我々に対する関心を失ったらしい」

ウトセラがそう言うと、それまで強張っていたヒノオの身体が、ぶるぶると震えだした。

そして、肩が小刻みに痙攣する。

　嗚咽を止められない。

「——えうっ、えうっ……」

　何かを言おうとして、しかし何も言うことができない。

　そんな少年を、ウトセラはしばらく見つめていたが、やがて、

「君は、自分が無力だと思うか？」

　と訊いた。返事はない。ウトセラの方も反応を待たずに、

「君にはなんの慰めにもならないだろうが……僕も、今の君と同じ気持ちになったことがある。彼がカーボンと呼ばれるようになる前に、彼を助けられない自分に対して、その気持ちになった——」

　ウトセラの声の響きに、いつもの彼とは違うものを感じて、ヒノオは泣きながらその横顔を見上げた。

　しかし、そこにあるのはいつものウトセラの顔だった。ヒノオはなんとか嗚咽の間から言葉を絞り出す。

「ボンさんは……ぼくに、君にしか頼めないって、そう言って……でも……」

「それは事実だ。君以外に、誰にもできなかった」

ウトセラの口調は素っ気なかった。

「そして、それはどんなことでもそうだ。誰しも、その人しかできないことをやる以外にない。それが限界なのか、それとも逆説的に、だからこそ人と人がお互いを必要とする、その足掛かりとなるのか、それはなんとも言えないが――」

その語尾が曖昧になる。ヒノオは、自分だったら、カーボンだったら、その後にどんな言葉を続けるだろうか、と思って、しかしそんなものわかるわけがない、とも感じて、やっぱり肩を震わせ続ける。

犬が裾を引っ張って、家に帰ろうと訴えかけてくる。ヒノオはとぼとぼと歩き出した。ウトセラもその後をついてくる。

道の向こう側から、彼らの方にアララギが走ってくるのが見えた。手を振ってくる彼女に、ウトセラも手をかざして応じた。ヒノオも涙をぬぐって、犬と一緒に彼女のところへ駆け寄っていった。

"The Rageless Man" closed.

憎悪人間は肯定しない

No-Man Like Yes-Man act 7.

「なあジィドくん、我々はこれからどこに行くのかな？」

仔犬が口を開いた。その小さな身体を抱きかかえている青白い小男はこれに、

「目的地とかはねーな。行った先で状況を見て、それで動き方をいちいち検討するって感じだな」

と答えた。喋りながらも足は止まらない。そして足音もしない。だがその速度は尋常ではない。山の中を突っ切って、そのまま安全圏に脱出しようというのだ。

「要は行き当たりばったりか。まあ、今までも同じようなものだったしな。しかし——君も変わった男だな、ジィドくん」

「あん？」

「私などを助けて、何が楽しいんだ？　君にはメリットなどないだろう。ミナト・ローバ

ィの言うことなど聞かずに、今からでも私を統和機構に差し出せば、あるいは許してもらえるかも知れないぞ」

「別にあの男の〝依頼〟など受けたわけじゃねーよ。それに今のあんたの話は、残念ながら願望が入っている。俺様が今から統和機構に許される可能性はゼロだ。実際のところ、俺様の方があんたなんかよりもずっと、あの〝システム〟の裏側を知っているようだな」

「願望――」

「そう〝早く楽になりたい〟ってな。そうはいかない。あんたの才能がどんなもんか、まだよくわからないが――そいつをとことんまで利用させてもらうまでは、俺様はあんたを捨てないからな」

「才能、か――しかし……」

仔犬は首を上げながら言う。

「君は、やはり不思議な男だ、ジィドくん。君は何を憎んでいるんだ？」

かつて自分が言われたことを、彼に訊いていた。すると青白い男は口元を吊り上げて、

「あんたと同じだよ、ボンさん――そもそもこの世の全員が、同じモノを憎んでいるんだからな。ひひひひひ――」

と笑い声を上げた。その声の響きを聞いて、仔犬は少し身を強張らせた。

かつて聞いた声に似ていたのだった。いや、完全に別の声であり、かすれて聞き取りづらかった過去のそれと、ジィドの生気に満ちたそれはまったく重ならないのだが、それでも——その嘲笑は鏡像のように似通っていた。

「そうとも、人間は誰だって、どいつもこいつも皆おんなじだ。目障りなヤツが憎い、邪魔するヤツが憎い、優れたヤツが憎い——そいつは全部、結局のところ、そういう風に〝できない自分〟が憎いんだよな——そして自分はいつだって自分につきまとっているから、憎しみから自由になることもない。ひひひひ——」

「……だから君は、自分はなんでもできると言い張っているのか。正面から勝てないのなら裏側に回ってでも、卑怯な手を使っても、それでも〝できる〟のだと——」

「そういうことだ。そしてボンさん、あんたもこれからはつまらん憎しみにしがみついていることは許されないぜ。そんな甘ったれは、俺様には必要ないからな」

「私も憎んでいる、か……〝できない自分〟を——」

「あのさあ、ボンさん——もうそいつもやめた方がいいな」

「え？」

「自分のことを〝私〟って言わない方がいいぜ。その小っこい姿に似合わない。そうだな——これからは自分のことを〝わし〟って呼べばいい」

「あんたは一応、これから統和機構と戦う集団のトップになるんだからな。威厳とユーモアも必要だろう？」

「わ、わし——か？」

「……そういうもんかね。しかし——」

これも、あの〝先代〟の老人の記憶を呼び起こす呼称だった。だがそれこそが、このねじくれた宿命を表しているのかも知れなかった。

「慣れるしかないか、これも——」

「そうそう。あんたはもう、統和機構の憎悪人間じゃないんだからな。なにしろ〝人間〟はやめちまったんだからな、ははははは！」

ジィドの高笑いに、仔犬は人間だったら肩をすくめるような素振りで身をくねらせて、そして、ここでやっとそれまでの人生すべてを肯定し、そして捨てた。

（たった一つの後悔は——すまなかったな、ヒノオくん。君にだけは、もう少しきちんと話をしたかった——そう、ウトセラ・ムビョウがほんとうは何者なのかを、君にだけは伝えておくべきだった……だが君ならば——）

自分にはできなかったことを成し遂げてくれるだろう——なんの屈折も嫉妬も憎悪もなく、カーボンはそう思った。

陽はどんどん暮れていき、みるみる暗くなっていく森の中を、不気味な男と病弱な仔犬は駆け抜けていき、やがて完全に闇の中に消えた。

"The Silent Hatemonger" closed.

あとがき――雲散人間は怒り続ける

私はかなり怒りっぽい人間で、日々色んなことに腹を立てているのだが、では具体的に何が憎いのか、と言われるとその焦点がぼやけることが多い。たとえば物が見つからず、イライラの極致に達して、怒りまくり喚きまくるのだが、実際にその捜し物が見つかると、ああ……と脱力してしまって、そこで気力が尽きる。いやそこはその怒りのエネルギー、その憎悪の執念で今後の生活態度を改めて、整理整頓に励めばいいだろうと自分でも思うのだが、思うだけで、自分のだらしなさを憎んだりはしない。捜し物が見つからないと、だんだん疲れてきて「まあ、いいや……」とあきらめてしまったりもする。忘れた頃に出てくるだろうと思って、そして実際にそうなった際には何の達成感もない。ではあのカッとなる感覚は何なのか。あの怒りの熱量は何に引き起こされているのだろう。くそったれと罵倒している対象は、自分のようで自分でない、具体的な攻撃対象の、その輪郭ははっきりせず、やがて心の中で見失ってしまう。

よく『怒りをコントロールできると強い』みたいなことをアスリートなんかが言ったりするが、個人的には本当かなと思っている。怒りというのは制御できないから怒りなのであって、制御できている時点でそれは怒りではなく別の精神力なのではないか。私自身の経験から言うと、一番怒り狂ったのはなんといっても自信の投稿作が無残にも最終選考にすら残らず新人賞に落ちたときのことで、あのときのことは今でも忘れられない経験なのだが、この怒りは実に、何の役にも立たなかった。無念を忘れずに努力した、と言えば通りはいいのだろうが、それが嘘であることは自分が一番知っている。そしてデビューにつながるアイディアを得て、それをモノにしたときの感覚ははっきりと、すげえ適当でいい加減で、リラックスした状態だった。そして形にしていく過程でもひたすら緊張するだけで、なにくそ今に見ていろみたいな怒りは全然なかった。むしろ怒りに駆られていると、明らかに発想が狭まり、方向性が限られてしまうという実感がある。だから私はカッとなったときは、なにも決めないようにしている。原稿を書いていても放り出してしまう。変なことを言うようだが、これは私が執念深いからだと思っている。だから怒りに囚われるのを恐れるのだ。怒りで目がくらんでは、執念を燃やしている対象を見失うからだ。原稿を完成させるためには、怒ってる余裕はないのである。もちろん世間には「いや、自分は怒りにまかせて原稿を書いて、そしてそれはとても素晴らしい物になった」という作家の方がいるのは知っているが、それは怒っているのではなくて、戦っているのでしょう、という気がする。敵の姿が見えていて、それを的確に追い詰める自信と闘志があって、その直感に気持ちを乗せているのだと思う。何でそんな区別をする必要があるのか、とは思うが、それは私が怒りっぽいので、他人よりも慎重にならざるを得ないからだろう。

残念ながら世の中には数多くの理不尽があり、それに対して怒りを持つなと言っても空しいだけだ。しかしその怒りには必ず原因があるはずで、そこを見極めないと怒りはただ雲散霧消(うんさんむしょう)するだけで、決して形のある成果にはつながらない。怒ってしまう理由を直視するのは面倒、かつ己や身近な周囲の未熟さ、愚かさ等と直面しなければならないしんどさがつきまとい、できるならそんなモノから目を逸らしてしまいたいのが人情だ。しかしそれではいつまで経っても、その怒りそのものは何度も繰り返されるだけで、嫌な気持ちはずーっと残っているのである。それをすべて他人のせいにするのは楽だが、しかし根本的な解決にはならない。理不尽と戦う必要はあるが、しかし同時に怒りを捨てる必要もあり、果たしてこの矛盾の先に何があるのか、ここまで書いてもさっぱりわからない。既に焦点を見失いつつある。しかしながら真に憎むべきものはなんなのか、それを見極める努力だけはし続けなければならないのだろう。自分にできるとは思えないのが悲しいところではあるが、以上。

(でも結局、怒りって、びくっ、と焦る単なる反射行動では？　考えても無駄では？)
(そうだろうけど、まあいいじゃん)

BGM "Simon Diamond" by The Coral

初出一覧

「憎悪人間は怒らない」〈ＳＦマガジン〉二〇一八年四月号
「悪魔人間は悼まない」〈ＳＦマガジン〉二〇一八年八月号
「変身人間は裏切らない」〈ＳＦマガジン〉二〇一九年八月号
「相殺人間は計算しない」〈ＳＦマガジン〉二〇一九年十二月号
「緊急人間は焦らない」〈ＳＦマガジン〉二〇二〇年四月号
「憎悪人間は逆らわない」〈ＳＦマガジン〉二〇二〇年六月号

書き下ろし
「憎悪人間は肯定しない」

マルドゥック・アノニマス1

冲方 丁

『スクランブル』から二年。自らの人生を取り戻したバロットは勉学に励み、ウフコックは新たなパートナーのロックらと事件解決の日々を送っていた。そんなイースターズ・オフィスに、弁護士サムから企業の内部告発者ケネス・C・Oの保護依頼が持ち込まれた。調査に赴いたウフコックとロックは都市の新勢力〈クインテット〉と遭遇する。それは悪徳と死者をめぐる最後の遍歴の始まりだった

ハヤカワ文庫

ヤキトリ1

一銭五厘の軌道降下

カルロ・ゼン

地球人類全員が、商連と呼ばれる異星の民の隷属階級に落とされた未来世界。閉塞した日本社会から抜け出すため、アキラは惑星軌道歩兵——通称ヤキトリに志願する。米国人、北欧人、英国人、中国人の4人との実験ユニットに配属された彼が直面したのは、作戦遂行時の死亡率が7割というヤキトリの現実だった……『幼女戦記』のカルロ・ゼンが贈るミリタリーSF新シリーズ、堂々スタート！

裏世界ピクニック
ふたりの怪異探検ファイル

宮澤伊織

仁科鳥子（にしなとりこ）と出逢ったのは〈裏側〉で〝あれ〟を目にして死にかけていたときだった——。その日を境にくたびれた女子大生・紙越空魚（かみこしそらを）の人生は一変する。実話怪談として語られる危険な存在が出現する、この現実と隣合わせで謎だらけの裏世界。研究とお金稼ぎ、そして大切な人を捜すため、鳥子と空魚は非日常へと足を踏み入れる——気鋭のエンタメ作家が贈る、女子ふたり怪異探検サバイバル！

ハヤカワ文庫

ゲームの王国（上・下）

〈日本SF大賞・山本周五郎賞受賞作〉
ポル・ポトの隠し子とされるソリヤ、貧村に生まれた天賦の智性を持つムイタック。運命と偶然に導かれたふたりは、一九七五年のカンボジア、バタンバンで出会った。テロル、虐殺、不条理を主題とした規格外のＳＦ巨篇。解説／橋本輝幸

上田早夕里

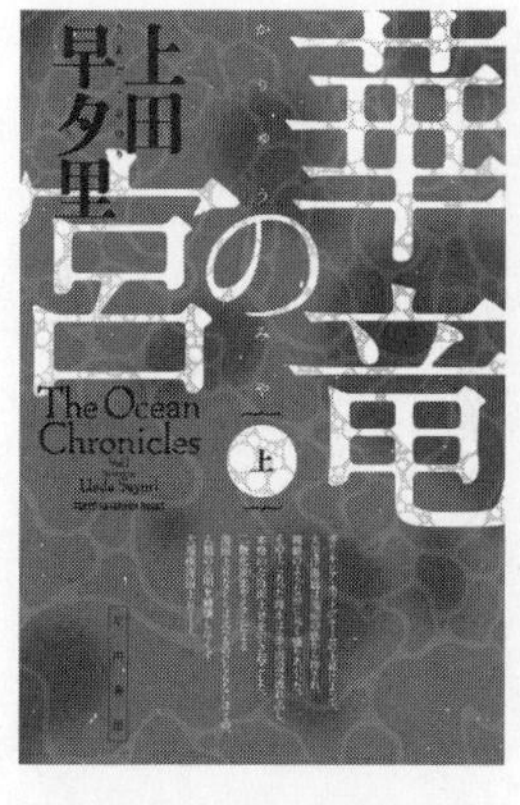

海底隆起で多くの陸地が水没した25世紀。陸上民はわずかな土地と海上都市で高度な情報社会を維持し、海上民は〈魚舟〉と呼ばれる生物船を駆り生活していた。青澄誠司は日本の外交官としてさまざまな組織と共存するために交渉を重ねてきたが、この星が近い将来再度もたらす過酷な試練は、彼の理念とあらゆる生命の運命を根底から脅かす――。第32回日本ＳＦ大賞受賞作。　解説／渡邊利道

ハヤカワ文庫

ハーモニー〔新版〕

二一世紀後半、人類は大規模な福祉厚生社会を築きあげていた。医療分子の発達により病気がほぼ放逐され、見せかけの優しさや倫理が横溢する〝ユートピア〟。そんな社会に倦んだ三人の少女は餓死することを選択した――それから十三年。死ねなかった少女・霧慧トァンは、世界を襲う大混乱の陰に、ただひとり死んだはずの少女の影を見る――『虐殺器官』の著者が描く、ユートピアの臨界点。

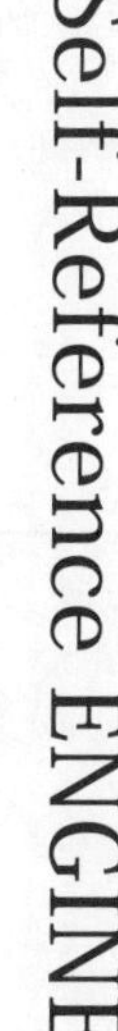

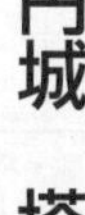

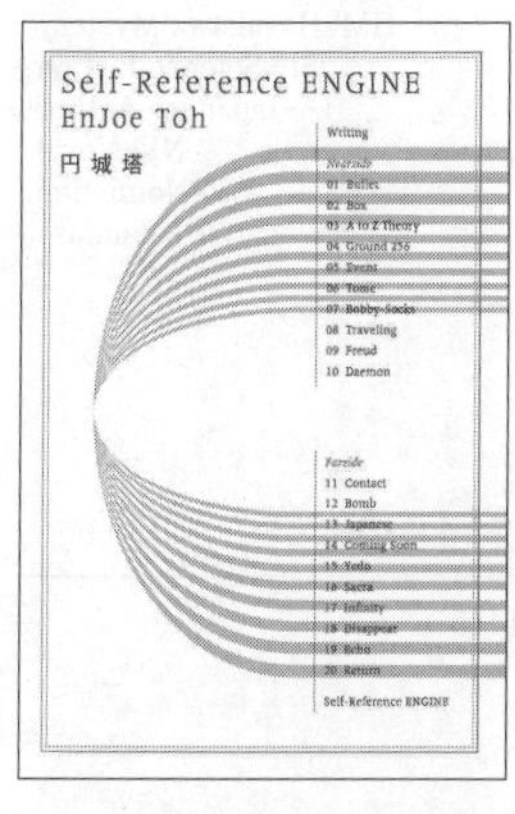

彼女のこめかみには弾丸が埋まっていて、我が家に伝わる箱は、どこかの方向に毎年一度だけ倒される。老教授の最終講義は鯰文書の謎をあざやかに解き明かし、床下からは大量のフロイトが出現する。そして小さく白い可憐な靴下は異形の巨大石像へと果敢に挑みかかり、僕らは反乱を起こした時間のなか、あてのない冒険へと歩みを進める――驚異のデビュー作、二篇の増補を加えて待望の文庫化

ハヤカワ文庫

著者略歴　1968年生，作家　著書『製造人間は頭が固い』（早川書房刊），〈ブギーポップ〉シリーズ，〈ソウルドロップ〉シリーズ，〈戦地調停士〉シリーズ他多数

HM=Hayakawa Mystery
SF=Science Fiction
JA=Japanese Author
NV=Novel
NF=Nonfiction
FT=Fantasy

憎悪人間は怒らない

〈JA1445〉

二〇二〇年八月二十日　印刷
二〇二〇年八月二十五日　発行
（定価はカバーに表示してあります）

著者　上遠野浩平
発行者　早川浩
印刷者　西村文孝
発行所　株式会社早川書房
郵便番号　一〇一 - 〇〇四六
東京都千代田区神田多町二ノ二
電話　〇三 - 三二五二 - 三一一一
振替　〇〇一六〇 - 三 - 四七七九九
https://www.hayakawa-online.co.jp

乱丁・落丁本は小社制作部宛お送り下さい。
送料小社負担にてお取りかえいたします。

印刷・精文堂印刷株式会社　製本・株式会社明光社

ISBN978-4-15-031445-3 C0193

本書は活字が大きく読みやすい〈トールサイズ〉です。